W0228198

Sean McGuffin
ZUM LOBE DES POITÍN
Geschichten aus der irischen Schwarzbrennerei

———

**Aus dem Englischen übersetzt
von Jürgen Schneider**

Edition Nautilus

Editorische Notiz: John (oder Sean) McGuffin, geb. 1942 in Belfast, Nordirland, lebt heute in San Francisco, wo er als Anwalt arbeitet. *In Praise of Poteen* erschien 1978 in Belfast. Bei Nautilus wurde 1990 erstveröffentlicht: *Der Hund. Ein Politthriller.* Außerdem erschien: *Der Mann, der mit Chuck Berry getanzt hat. Sämtliche Erzählungen.* Titelbildgestaltung: Maja Bechert.

ANMERKUNG

Autor und Verlag erklären kategorisch, daß sie die Leserinnen und Leser mit diesem Buch auf gar keinen Fall dazu verleiten wollen, den Versuch zu unternehmen, Poitín herzustellen oder käuflich zu erwerben. Das ist gegen das Gesetz. Und Sie wollen doch keinen Gesetzesbruch begehen, oder?

John McGuffin

Edition Nautilus Verlag Lutz Schulenburg
Am Brink 10 · D-21029 Hamburg
Alle Rechte vorbehalten · © Lutz Schulenburg 1995
© John McGuffin 1978
1. Auflage 1996 · ISBN: 3-89401-255-2
Printed in Germany

*Dieses Buch ist Bodger, allen Lumberjacks und
den meisten Poitín-Trinkerinnen und -Trinkern gewidmet.
Beidh lá geal gréine go fóill in Éirinn.*

DANK DES AUTORS

Dieses Buch hätte nicht geschrieben werden können ohne die Hilfe zahlreicher Personen, von denen viele anonym bleiben möchten. Die folgende Liste ist daher leider unvollständig. Für die Genehmigung der Reproduktion von Fotografien danke ich dem Ulster Museum (Welch Collection), der National Library (Lawrence Collection), dem Northern Ireland Public Records Office, der *Irish Times*, dem *Cork Examiner*, Colman Doyle, Joseph Dabney, Joe Graham, Frau Mary Battle und dem Falls Hotel, Ennistymon.

Dank schulde ich auch allen Beschäftigten der Public Library, Royal Avenue, Belfast und der Linenhall Library für ihre stets freundliche Hilfe.

Die Polizei in Gestalt des Inspektors Jim Schofield vom RUC Museum, Enniskillen, und des Sergeants Gregory Allen von der Garda Siochana, Dublin, stellte ebenfalls großzügig Fotomaterial zur Verfügung.

Mein Dank gilt auch Michael Laverty, Joseph Dabney und Father Gaughan für die Genehmigung, Texte von ihnen verwenden zu dürfen. Und schließlich danke ich den folgenden Damen und Herren, die allein wissen wofür:

Judith, Liam Begley, Terry Brown, Nial Keily, Ed Maloney, Frank Doherty, Harry Tipping, Joe Mulhern, Tony und Rosemary Canavan, Danny und Joan, Sean Lyons, Proinnsias MacArt, Deasun Breatnach, Kevin Danaher, Sean und Eamonn Stinson, Sean und Mary O'Reilly, Dan Nolan, Breandán Breatnach, Jack McCann, Bill und Jacqui Van Voris, Phyllis McAtackney, Ralf und Áine, Willie McKeever, Colin Durling, Norma Dawson, Kevin Boyle, Michael Farrell, ‚Old Pa', Willie, Ben Lorimer, R.W. Grimshaw, Paddy ‚Muldoon' und den Getreuen Igor, Uncle Porky, John Molloy, Ben Carraher und natürlich Willie Derra von Appletree.

ZUR DEUTSCHEN AUSGABE

Ich habe »Zum Lobe des Poitín« 1977 geschrieben. John Murphy, der Eigentümer von Appletree Press, hatte mich darum gebeten. Ich verbrachte angenehme sechs Monate mit Recherchen, Reisen auf abgelegenen Straßen Irlands und dem Kosten von Unmengen von *moonshine*, dem zumeist von älteren Männern in versteckten Destillen der Hügel Irlands schwarzgebrannten Whiskey.

Das Buch wurde 1978 veröffentlicht, bekam in den Medien gute Besprechungen und verkaufte sich offenbar auch recht gut. Wieviele Exemplare verkauft wurden, sollte ich jedoch nie erfahren. 1981 ging ich ins Exil nach Kalifornien. Ein paar Jahre gingen ins Land. Vom Verlag, dessen Räume ‚günstigerweise‘ zwei Mal bei Bombenexplosionen in Mitleidenschaft gezogen worden waren, bekam ich schließlich die Mitteilung, die betreffenden Unterlagen seien verloren gegangen. Die Zahlung des Autorenhonorars ging daher reichlich ‚langsam‘ vonstatten. Wie ich außerdem feststellen mußte, war »Poitín« 1988 ohne meine Genehmigung neu aufgelegt worden.

Es bedurfte der Dienste meines guten Freundes Sean ‚Slugger‘ Morris, der Herrn Murphy persönlich aufsuchte und ihm klar machte, daß es mir – obwohl ich in San Francisco weilte – in Irland nicht an guten Freunden mangelte, die – wie ich – sich selbst bereichernden Verlegern nicht sonderlich wohlgesonnen waren. Dies und die Androhung rechtlicher Schritte durch meinen hochgeschätzten Freund, den mittlerweile leider verstorbenen Paddy McGrory (R.I.P.), bewegte Appletree Press schließlich – wenn auch widerwillig – dazu, mir die ausstehenden Honorare aufgrund ‚geschätzter‘ Verkaufsziffern zu zahlen.

Mein werter literarischer Agent und Übersetzer Jürgen Schneider hat mich gebeten, für die deutschsprachige Ausgabe eine neue Einleitung zu schreiben. Seit der Veröffentlichung der Originalausgabe dieses Buches hat sich in der geheimen Kunst, dem Handwerk der Poitín-Herstellung wenig geändert. Bei meinen Reisen habe ich gesehen, daß in abgelegenen Teilen unseres Erdballs weiterhin diese noble Kunst gepflegt wird. Ich habe ‚Poití‘ im Urwald von Yucatan in Mexiko und in den

Appalachen getrunken. Als ich im vergangenen Jahr bei den Kopfjägern Borneos weilte, probierte ich deren Stoff, der zwar furchtbare Kopfschmerzen verursachte, aber nette Erinnerungen an meine Abende in den Bergen von West Cork hervorrief. Poitín ist überall.

Die Alkoholpreise in den USA sind nach wie vor bemerkenswert niedrig, und daher läßt sich in den Sierras von Kalifornien oder den Appalachen von Kentucky mit dem Anbau des göttlichen Krauts Marihuana ein weitaus höherer Profit erzielen. Aber ein paar hartgesottene Seelen bieten dem unterdrückerischen und räuberischen Staat nach wie vor die Stirn und destillieren weiterhin zu ihrer Erquickung und ihrem Wohle Alkohol. Das Schreiben dieses Buches mag mir nicht viel Gewinn eingebracht haben, es hat mich allerdings einmal vor einer Gefängnisstrafe bewahrt. Mitte der achtziger Jahre war ich zu einem kurzen Besuch in meine Heimatstadt Belfast zurückgekehrt. Am Abend vor meinem geplanten Rückflug nach Kalifornien wurde ich unter dem blöden Vorwand eines uralten Verkehrsvergehens von Polizisten der Royal Ulster Constabulary (RUC) festgenommen. Das war nichts Neues. Was erwartet man denn schon von einem Schwein? – Ein Grunzen! Ich war von diesen Hütern von Gesetz und Ordnung früher schon mehrfach wegen einer ganzen Reihe von Aktivitäten im Rahmen des irischen Befreiungskampfes und des jahrhundertealten Aufbegehrens gegen den britischen Imperialismus ‚verhört' worden. Nachdem ich also dieses Mal die Nacht in der Zelle hatte zubringen dürfen, wurde ich, ein paar Stunden bevor ich in Dublin meinen Rückflug antreten wollte, in Belfast vor Gericht gezerrt. Die RUC hatte mein Ticket beschlagnahmt und festgestellt, daß es ersatzlos verfallen würde, sollte ich mein Flugzeug verpassen. Damit würde mir eine ganze Stange Geld flöten gehen.

Als ich vor den Richter trat, rutschte mir das Herz in die Hose. Es war ein seniler Tattergreis namens Walmsley, an den ich mich lebhaft erinnern konnte, mußten wir von People's Democracy (PD) in den alten Tagen doch häufig wegen zivilen Ungehorsams und der Beteiligung an Bürgerrechtsmärschen vor ihm erscheinen. Irgendwer von PD hatte einmal heimlich LSD in die Milchflaschen von Walmsley gegeben, und er war offensichtlich ein ‚neuer Mensch' geworden, sollte er mich aber wiedererkennen, so war ich mir sicher, daß er dem Begehren der RUC stattgäbe, mich eine Woche ‚festzusetzen', um ‚die Verkehrsangelegenheit zu klären'.

Walmsley starrte vom Richtertisch auf mich herab. Seine Knollennase leuchtete rot wie eine Ampel. „McGuffin", brummelte er. „Bei diesem Namen klingelt's bei mir. Hat er nicht ein Buch geschrieben?" Meine Zuversicht wich. Seit ich meine Bücher »Internment« und »The Guineapigs« geschrieben und darin Polizei und Armee heftig kritisiert hatte, war ich für die Ordnungskräfte zur persona non grata geworden. Der Polizeiinspektor grinste schadenfroh und war im Begriff zu antworten, als Walmsley plötzlich lächelte. „Jetzt fällt es mir ein, es war ein Buch über Poitín. Ein ausgezeichnetes Buch. Ich hatte es vor ein paar Jahren auf meinem Nachttisch liegen. Inspektor, die Angelegenheit liegt sechs Jahre zurück. Dieser Herr ist ein hochgeschätzter Autor. Ich erkläre den Fall für erledigt. Setzen Sie Herrn McGuffin umgehend auf freien Fuß, damit er seinen Flug noch bekommt!"

„Euer Ehren, ich werde Ihnen eine Flasche dieses guten Stoffs zusenden, sobald ich wieder in den USA bin", rief ich aus, während ich das Gerichtsgebäude verließ und Richtung Dubliner Flughafen raste. Ich log natürlich. Ich habe diesem Wichser selbstverständlich keinen Poitín geschickt. Der ist für solche Paragraphenheinis doch viel zu gut.

Und damit wäre ich bei dem Hauptgrund, warum ich das Buch geschrieben habe. Bereits lange bevor es Gesetze und Steuereintreiber gab, gab es Alkohol. Dieses Buch war als Protest gegen die verhaßten Eingriffe des Staates in die Alltagsangelegenheiten des Individuums gedacht. Damals war ich der Überzeugung, die sich im Laufe der Jahre noch mehr gefestigt hat, daß der Staat, seine Steuereintreiber und nervtötenden Bürokraten nicht das geringste Recht haben, Bürgerinnen und Bürger davon abzuhalten, ihren eigenen Alkohol herzustellen oder ihre geheiligten (und medizinisch nützlichen) Pflanzen wie Marihuana, Meskalin, Peyote, Ayahuasca, Datura oder Psilocybin-Pilze zu züchten und anzubauen.

Seit der Veröffentlichung des Buches haben sich zahlreiche Leserinnen und Leser mit der Bitte um Hilfe in Sachen

Destillierprozeß an mich gewandt. Ich war froh, ihnen – so gut ich es konnte – mit Rat und Tat beizustehen. Vor ein paar Jahren besuchte ich die berühmte Bushmills Destillery in der Grafschaft Antrim im Norden Irlands. Mittlerweile trinke ich Bushmills (ihr zehn Jahre alter Single Malt ist zweifellos der beste Whiskey der Welt), bin aber stets hocherfreut, wenn ich von meinen Freunden und Bekannten, die an der Eigenproduktion festhalten, *the real thing* bekomme.

Ich möchte zum Schluß zur Vorsicht gemahnen, einen Reiseratschlag erteilen. Nichtsahnende Irlandtouristen können bei ihrer Reise durch das Land in Geschäften auf Flaschen mit dem Etikett ‚Poitín' stoßen. Lassen Sie sich nicht täuschen. Es handelt sich nicht um *the real thing*. Wie die Tabakkonzerne sich die verschiedenen Slangnamen für Marihuana haben schützen lassen, so haben die internationalen Destillateure die Bezeichnung ‚Poitín' eintragen lassen, unter der sie minderwertigen Fusel herstellen und vertreiben. Meine Botschaft ist noch immer die folgende: Schwarzbrennen oder sich den guten Tropfen bei den Nachfahren der hartgesottenen Seelen und Rebellen besorgen, den Poitín-Herstellern, die aus den Eigentumslosen hervorgingen.

Sláinte – und Beir Bua

The McGuffin
Babylon by the Bay,
April 1995

Poitín – Eine Einführung

„Bei Callyhill hat John Ennery einen Landsitz; dieser liegt linker Hand nahe der großen Straße in einer schönen und wildreichen Gegend. Das Unterholz hat sich jenes Landstrichs bemächtigt. An dieser Straße findet man weder Gasthäuser noch Bierschenken, doch wird in jedem Haus Aquavitae oder Whiskey zum öffentlichen Verkauf angeboten, der sich bei den Bewohnern als heilsames und balsamisches Diuretikum großer Hochschätzung erfreut. Sie trinken ihn hier gemeinsam vor ihren Mahlzeiten. Um ihn schmackhafter zu machen, füllen sie einen ehernen Pott damit, geben Zucker, Minze und Butter hinzu, und wenn er ein wenig vor sich hin gebrodelt hat, füllen sie ihre Becher, die sie *meathers* nennen, und stoßen an. Was überrascht, ist, daß sie ihn bis zur Intoxikation trinken und ihnen dennoch nie übel, noch ihre Gesundheit geschädigt wird. Ein irischer Arzt unternahm es vor dreißig Jahren, die folgenden erstaunlichen Wirkungen des Aquavitae mitzuteilen: 1. er heilt die rissige Haut an den Händen; 2. er tötet Würmer; 3. er kuriert Kopfschmerzen; 4. verhindert das Altern; 5. stärkt die Jugend; 6. hilft bei Verstopfung; 7. löst das Phlegma; 8. vertreibt die Melancholie; 9. erfreut das Herz; 10. vertreibt den Grieß; 11. kuriert die Wassersucht; 12. heilt den Harndrang; 13. klärt den Geist und beflügelt die Sinne; 14. mindert das Gewicht; 15. läßt den Wind abgehen; 16. bewahrt den Kopf vor Schwindel."

Dieser Textauszug ist Butlers Bericht über seine Reise durch Fermanagh im Jahre 1760 entnommen. Das beschriebene Getränk ist Poitín. Poitín war *das* Getränk jener Tage. Ich schließe mich nicht unbedingt den etwas extravaganten Behauptungen an, die „ein irischer Arzt" aufgestellt hat, weiß allerdings, daß Poitín von jeher eine schlechte Presse bekommen hat, und zwar im allgemeinen von denjenigen, die schon immer ein Interesse daran hatten, ihn miesmachen zu müssen: die lizensierten Destillateure, die Steuerbehörde und die Temperenzvereine.

Mit diesem Büchlein unternehme ich den Versuch, diese Negativbilanz etwas auszugleichen. Es soll keineswegs ein umfassendes Werk über dieses Thema sein, noch ein langweiliger und gelehrter Wälzer, sondern vielmehr ein Sammelbändchen mit ein paar Anmerkungen und Fotos zur Geschichte des Poitín und seiner gegenwärtigen Bedeutung. Die aufmerksamen Leserinnen und Leser werden feststellen, daß die alte Kunst der Poitín-Herstellung noch immer eifrig gepflegt wird. Ein Halunke, der es besser hätte wissen müssen, ein gewisser Brendan Behan, sagte einmal: „Egal, was irgendwer dir über diesen feinen alten Tropfen vom Tau der Berge erzählt hat, du mußt dir klar machen, daß ein paar alte Männer, die mit ihren Milchkannen und allerlei improvisierten Gerätschaften im Schuppen irgendwo in den Bergen hocken, nicht darauf hoffen können, gute Spirituosen zu brennen." Nun, obwohl Behan sicher behaupten konnte, daß ihm das Trinken nicht fremd war, hatte es ihm der ‚Parlamentswhiskey' angetan, und wie wir in dem Kapitel über Poitín-Herstellung in Gefängnissen sehen werden, waren Behans Erlebnisse mit ‚dem Stoff' ziemlich bizarr. Auf eine ähnlich abfällige Weise äußert sich E.B. McGuire in seinem Buch über irischen Whiskey: „Poteen (sic) ist im Vergleich zu dem legalen Artikel ein dürftiges Zeug, aber er ist billig und wird stets seine Befürworter haben, die ihn mit dem Eifer von Exzentrikern lobpreisen werden." Als ein Exzentriker, der nicht in Lohn und Brot der großen Brennereien steht, schreibe ich „Zum Lobe des Poitín". Denen, die Poitín destillieren, und denen, die ihn trinken: Sláinte!

KAPITEL 1

Poitín – Eine bewegte Geschichte

Es gab einmal eine Zeit, da gehörte das Land allen. Diese Vorstellung, ein bestimmtes Stück Land könne Eigentum mehrerer Individuen sein, ist so lächerlich wie irgendjemandes Behauptung, die Sonne, der Himmel oder das Meer seien sein Eigentum. Menschheit und Gesellschaft ‚entwickelten‘ sich jedoch, und die Menschen schufteten für das Wohl der Wenigen, für das Wohl von Staat und Gesetz. Die Mächtigen und Gierigen erhoben nun Anspruch auf den in Gemeinbesitz befindlichen Boden, auf die Wälder und die darin lebenden Tiere, auf die Flüsse und die darin schwimmenden Fische. Diejenigen, die dagegen protestierten, wurden getötet, vertrieben oder gerieten in Konflikt mit ‚dem Gesetz‘. Im 18. Jahrhundert war dieser Prozeß in Irland abgeschlossen. Großgrundbesitzer verfügten über das Land, die Wälder und die Flüsse. Bauern bestellten das Land und wurden mit einem Hungerlohn abgespeist, während ein paar mächtige und schuldige Herren in ihren Schlössern, die durch die Verausgabung der Arbeitskraft anderer erbaut worden waren, im Luxus schwelgten oder in London ihrem gesellschaftlichen Leben frönten. Zu dieser Zeit waren die Menschen bereits so konditioniert, dies als naturgegeben hinzunehmen. Sie hatten resigniert. Dies war der ‚normale Gang der Dinge‘, so ähnlich wurde es ihnen von Kirche und Staat eingetrichtert.

Im Rahmen der Knechtschaft jedoch – vorausgesetzt, man war gegenüber der Krone und ihren Dienern loyal, gehorchte den Kirchenführern, tötete oder klaute nicht und entrichtete den Zehnten oder die Pacht – konnte man, nachdem die sich fast über den ganzen Tag erstreckende Aufgabe, das Überleben zu sichern, bewältigt war, tun und lassen, was man wollte, in Maßen natürlich. Eine der Beschäftigungen, denen die Leute in Irland gerne und seit Jahrhunderten nachgingen, war zum Beispiel das Destillieren von eigenem Whiskey. Die Zutaten, wie auch die dazu nötigen Gerätschaften, waren leicht zu beschaffen, und Poitín erfreute sich daher großer Beliebtheit. In einigen Landstrichen war davon auszugehen, daß jeder zweite

Mick McQuades Hütte, Connemara, um 1880. Ein typisches Poitín-Brenner-Haus. (Lawrence Collection, National Library of Ireland)

Haushalt über eine eigene Brennblase verfügte, womit im allgemeinen zehn bis zwölf Gallonen pro Destillationsvorgang gebrannt werden konnten. Könige und Königinnen jedoch führen gerne Krieg, um ihre Macht, ihren Einfluß, ihr Territorium und ihren Reichtum zu vergrößern. Dazu müssen sie Armeen aufstellen, wenn sie ihren eigenen Kragen nicht riskieren wollen. Und Soldaten, rauhbeinige Kerle, erwarten ihren Sold dafür, daß sie für das Wohl anderer mit ihrem Kopf einstehen. Richtig, man mußte ihnen nicht sehr viel zahlen, aber es gab ihrer viele, und fortlaufend wurden viele getötet und mußten ersetzt werden. Deshalb hatten die königlichen Berater stets neue Möglichkeiten der Geldbeschaffung zu ersinnen. Auf eine große Zahl lebensnotwendiger Güter wurden Steuern erhoben, bis zum 17. Jahrhundert war aber in Irland wenigstens niemand so schamlos und dreist, den Leuten für die Herstellung von Gütern, die für den Eigenbedarf vorgesehen waren, Steuern abzuverlangen. Im Jahre 1661 wurde eine Abgabe für Spirituosen eingeführt, die in Irland jedoch völlig ignoriert wurde. Einhundert Jahre später versuchte es die Krone erneut. Im Jahre 1760 erfolgte eine Gesetzesänderung. Privates Destillieren wurde – sofern es nicht vom Staate lizensiert war – zu einem ‚kriminellen Akt‘. Über Nacht war ein Großteil der irischen Bevölkerung zu ‚Kriminellen‘ geworden.

Zuvor hatte es hin und wieder Gesetze gegeben, um den Destillateuren ans Portemonnaie zu können. So war beispielsweise 1731 ein Gesetz verabschiedet worden, wonach das Brennen „in den bergigen, weitab von einem Marktplatz gelegenen Teilen des Königreiches" verboten war. Aber all diese Gesetze waren schlichtweg ignoriert worden.

Die Steuerabgabe auf irische Spirituosen betrug Ende des 17. Jahrhunderts für einen Großhersteller vier Pence pro Gallone und hatte sich bis 1770 lediglich auf zehn Pence erhöht. Viele Hersteller dachten überhaupt nicht daran, die Steuer zu entrichten, deren Eintreibung den Steuerbeamten mehr Scherereien einbrachte, als daß sie sich gelohnt hätte. Die Krone jedoch wurde gierig. Die Steuerabgaben wurden erneut zur Finanzierung von Kriegen benötigt, und die Spirituosensteuer wurde wieder angehoben. 1775 betrug sie ein Schilling und zwei Pence pro Gallone, 1815 sechs Schilling und eineinhalb Pence. Die

Steuer mußte eingetrieben, den Poitín-Brennern das Handwerk gelegt werden.

Doch dies stellte sich als sehr schwieriges Unterfangen heraus. Die hohe Besteuerung hatte zur Folge, daß aus der Poitín-Herstellung, die so lange Zeit nur für den persönlichen Konsum erfolgte, ein lukratives Geschäft wurde. Draußen zwischen den Hügeln Irlands wurde diese Herausforderung angenommen.

Der modus operandi des Schwarzbrenners änderte sich über die Jahre wenig. Seine ,Anlage' war billig und transportabel. Solange er über eine entlegene Stelle, fließendes Wasser und Brennstoff – im allgemeinen Torf – verfügte, konnte er sein Handwerk verrichten. Ein Dr. Donovan, Professor der Chemie, besuchte 1830 einen Poitín-Hersteller im Westen Irlands und lieferte uns die folgende Beschreibung seiner Anlage. Diese ist aller Wahrscheinlichkeit nach genauso für ähnliche Destillen des vorhergehenden und des darauffolgenden Jahrhunderts zutreffend. „Die Destille war eine kleine, reetgedeckte Hütte, in deren einer Ecke am Boden, begrenzt von einem Halbkreis großer Steine, ein großes Torffeuer brannte. Auf diesen Steinen und über dem Feuer stand ein vierzig Gallonen fassender Blechbehälter, der zum Erhitzen des Wassers sowie als Blase des Destillierapparates diente. Als Maischebottich fungierte ein mit Holzreifen belegtes Faß, an dessen Boden, nahe des Holzkranzes, sich ein mit einem Seil verschlossenes Loch befand. Der Behälter hatte keinen falschen Boden, stattdessen war er unten mit frischem Heidekraut ausgelegt. Darüber befand sich eine Lage Haferstroh. Hier wurde die breiige Substanz aus heißem Wasser und Malzmehl bei gelegentlichem Umrühren zwei Stunden lang gemischt, danach das Spundloch am Boden geöffnet, damit die Würze durch die Filterschicht aus Haferstroh und Heidekraut abgelassen werden konnte. Das Umwälzen der Feststoffe mit Wasser wurde sodann wiederholt und die Würze erneut abgelassen. Die beiden Würzen wurden in einem weiteren Faß verrührt. Nachdem etwas Hefe hinzugefügt war, konnte die Fermentation beginnen, die – nach etwa drei Tagen – abrupt aufhörte. Dann konnte mit dem Destillieren begonnen werden. Dazu wurde die Würze in die Blase gefüllt, in der eine Füllung von vierzig Gallonen destilliert werden konnte. Ein Stück Seife von etwa zwei Unzen Gewicht wurde hineingeworfen, um eine

Trübung zu verhindern. Der Helm, offenbar ein großer Blechtopf mit einer Spirale an der Seite, wurde auf den Rand der Blase gesetzt und mit einer Paste aus Hafermehl und Wasser abgedichtet. Ein Querrohr wurde dann in die Spirale eingeführt und abgedichtet, ein Kupferrohr von etwa dreieinhalb Zentimeter Durchmesser, das als Kühlschlange diente. Das Ende der Spirale wurde an der Stelle, wo sie in das Kühlfaß ragte, mit einem Seil abgedichtet. Die Maische schäumte schnell auf, und es wurde Wasser ins Feuer gekippt, denn zu diesem Zeitpunkt ist das Hauptrisiko das Überschäumen. Das Destillat war quasi auf der Stelle durchgelaufen und absolut klar."

Das Wasser im Faß wurde abgekühlt, indem kaltes Wasser hineingekippt wurde, um das wärmere Wasser oben zum Überlaufen zu bringen. *Singlings* (Nachläufe) wurden nach etwa zwei Stunden produziert und vier solche Destillate ergaben eine Ladung, um in einem weiteren Destilliervorgang Poitín produzieren zu können. Dr. Donovan war auch der Meinung, es habe sich um Stoff guter Qualität gehandelt. Der erwähnte Brennmeister verwendete wie die meisten seiner Zeitgenossen Malz und Hafer, obwohl manchmal auch Mais verwendet wurde, um die Mixtur zu strecken. Heutzutage werden – wie wir in späteren Kapiteln sehen werden – viele andere Rohstoffe verwendet, von Melasse und Sirup bis zu Reis und Kartoffeln.

Die beschriebene Brennerei scheint im Gegensatz zu der, von der Caesar Otway 1839 berichtete, eine ziemlich zivilisierte gewesen zu sein: „Ich beobachtete zwei Männer, die auf einer kleinen Seeninsel in Donegal arbeiteten, halbnackte, verdreckte, ungesund aussehende Kreaturen, deren Haut schmutzverkrustet, deren Haar lang, ungekämmt und verfilzt war und in dem Ungeziefer aller Art es sich bequem zu machen und zu nisten schien. Das ganze Areal der Insel war ein Dunghaufen fermentierenden Getreides. Mindestens zwanzig riesige Schweine fraßen oder schnüffelten sich durch den unter ihnen liegenden Boden; und das Ganze war so voller Ratten, daß einer der Bootsleute sie – in Zahl und Aufdringlichkeit – mit den Spatzenscharen verglich, die sich auf den Hülsenbergen neben einer Getreidemühle einfinden." Es war dies die örtliche Brennerei.

Beide ‚Brennereien' waren natürlich illegal, aber bis zum Ende des 18. Jahrhunderts existierten der legale und illegale

Destillateur Seite an Seite. So konnte zum Beispiel im Gebiet Bushmills/Coleraine ein Brenner an einem Tag ganz legal und – wenn die Steuer zu hoch wurde – am nächsten schon illegal produzieren. Die Belege über Steuereinnahmen von 1782 bestätigen, daß – außer in Dublin – die lizensierten Destillateure Kleinhersteller mit einer Produktionsmenge von etwa 200 bis 300 Gallonen waren und deren Brennereien zudem über die ganze Insel verstreut lagen. Jedes kleine Dorf hatte aller Wahrscheinlichkeit nach seine eigene Destille, welche den örtlichen Bedarf deckte, zumal ,Export'-Verkäufe durch die schlechten Straßenverhältnisse doch ziemlich eingeschränkt waren.

1775 wurde die Steuer auf Spirituosen von zehn Pence auf ein Schilling und zwei Pence erhöht. Dies ermutigte einige Destillateure, in ,die Illegalität' zu gehen, aber fünf Jahre später folgte ein noch bedeutenderer Anreiz. Die Brennlizenzabgabe wurde als Steuerminimum festgesetzt. Dies bedeutete, daß eine kleine Destille, um legal arbeiten zu können, ein Gallonenminimum pro Woche produzieren mußte. In vielen Fällen war diese Quote zu hoch für den Kleinproduzenten, der nicht darauf setzen konnte, die produzierte Menge auch wöchentlich zu verkaufen. Ob er dies tat oder nicht, ob er diese Menge brannte oder nicht, er wurde besteuert, als ob er soviel gebrannt bzw. verkauft hätte. Natürlich wurden dadurch gefälschte Verkaufszahlen und die Bestechung der Steuerbeamten gefördert. Einige kleine Brennereien aber versuchten Schritt zu halten und die Verkäufe zu steigern. Ihre Position verschlechterte sich jedoch, als die Regierung neue Verordnungen erließ, die zunächst eine zweimalige Lizenzabgabe in der Woche und um die Jahrhundertwende eine tägliche Abgabe vorsahen. Dies gab vielen den Rest und zwang buchstäblich hunderte relativ gesetzestreue Destillateure, das Brennen rechtswidrig fortzusetzen. Dies kann anhand der folgenden Zahlen über lizensierte Brennereien leicht festgestellt werden:

	1782	1796
Grafschaft Cavan	39	2
Grafschaft Armagh	74	9
Grafschaft Derry	19	0
Strabane	74	0

Eine wichtige Folge hiervon war, daß die Qualität der legal gebrannten, auch ‚Parlamentswhiskey' genannten Spirituose sank, da die Brenner immer schneller arbeiten mußten. Die Poitín-Hersteller konnten hingegen in dem altgewohnten wie bewährten Tempo weiterdestillieren und so ein eindeutig besseres Produkt herstellen. Caesar Otway schrieb 1839: „Jeder Ire zieht Poitín wegen seiner Süße, seiner Bekömmlichkeit und wegen des Genusses, den er bereitet, allem mit Wissenschaft, Kapital und Maschinen legal Produzierten vor." Einem Regierungsbericht aus dem Jahre 1823 ist zu entnehmen, daß „Poitín in Belfast teuer ist (dreimal so teuer wie in Derry), aber hauptsächlich von den besseren Klassen konsumiert wird, für die der Preis keine Rolle spielt, die Qualität aber alles ist." Ein legaler Destillateur aus Limerick fügte hinzu: „Außer den Würdenträgern der Kirche, den Offizieren der Armee und den Obrigkeiten des Landes gibt es niemanden, der sich hier auch nur im geringsten um Poitín schert." Es gibt keinen Beleg dafür, daß die Bewohner dieser Landstriche über Nacht Abstinenzler, noch daß Getränke in großen Mengen importiert wurden. Die Erklärung liegt auf der Hand: Sie brannten munter weiter, ohne den Steuereintreiber davon zu unterrichten. Im Gegensatz zu diesen Gebieten im Norden gingen im Süden, wo die Transportmöglichkeiten besser und die Gesetzesdurchsetzung einfacher waren, viele kleine Destillen pleite, und es blieben nur ein paar übrig, die zur Expansion und Rationalisierung der Produktion fähig waren.

Im Jahre 1825 berichtet auch Blake, daß „die Anklagekammer einer Stadt des Westens an ihrem Recht festhält, an der gemeinsamen Tafel Poitín zu trinken, so sehr ziehen ihre Mitglieder diesen dem rechtmäßigen Alkohol vor." Diese Haltung wurde eine ganze Zeit lang bewahrt. J. Bateman führt im Manual für Steuerbeamte von 1865 aus: „Die Vorliebe für schwarzgebrannten Whiskey ist so stark, daß bei einer Versteigerung durch die Steuerbehörde dafür fast doppelt soviel erzielt wurde wie für den legal destillierten Artikel."

Die Jahrzehnte bis 1823 können als das Goldene Zeitalter des Poitín angesehen werden. Er war besser als der hingepfuschte Parlamentswhiskey und weitaus billiger herzustellen, und die eingegangenen Risiken waren besonders in abgelegenen Landstrichen äußerst gering. Da überrascht es kaum, daß er überaus populär war. 1823 behauptete ein (legaler) Dubliner Destillateur, auf den Straßen würde Poitín so offen verkauft wie auf den Straßen Londons ein Laib Brot. Ähnliches hörte man aus Belfast, Armagh und New Ross, alles Gebiete, in denen nur wenig Poitín gebrannt wurde, die daher aber stets ein guter Markt für „den Stoff" waren. Und es herrschte nicht nur rege Nachfrage, sondern es gab auch Männer und Frauen, die bereit waren, das Risiko auf sich zu nehmen und diese zu befriedigen.

Dies waren die *Cadgers*, professionelle Poitín-Verkäufer, die kreuz und quer durch das ganze Land reisten, um Ware zu liefern. Von der Steuerpolizei (darüber später mehr) belästigt und gejagt, hatten sie offenbar dank der Hilfe und Unterstützung einer Legion von Spitzeln, Subagenten und bestochenen Polizisten Glück und Erfolg.

In Derry waren sich die *Cadgers* um 1800 ihrer Sache so sicher, daß der Poitín aus Inishowen, einem der berühmtesten Poitín-Zentren, in offenen Fässern mit Eseln in die Stadt gebracht wurde. Später, als die Steuerpolizei sehr viel effizienter war, wurde der Stoff in Blechkübeln huckepack vom Land in die Stadt befördert. In einem Regierungsbericht des Jahres 1823 heißt es: „Einige Frauen haben aus Blech gefertigte Taschen und tragen eine halbmondförmige Brust vor sich her. In einen Mantel gehüllt, schleppen sie sechs Gallonen, und das bleibt unentdeckt." Der allgegenwärtige Caesar Otway berichtet – dieses Mal reiste er durch Connaught –, ein örtlicher Destillateur habe bei einem Kesselschmied „einen Blechbehälter in der Form einer Frau bestellt, den er mit Kleidung ausgestattet hat, damit er seiner Frau ähnelt". So ritt er zum Markt, den Poitín-Sozius hinter sich. Laut den örtlichen Überlieferungen wurde Poitín auf vielerlei Weise transportiert, in kleinen Torfkarren und gar bei vorgetäuschten Beerdigungen – in Särgen.

1823 erfolgte eine Gesetzesänderung zum Vorteil der legalen Destillateure. Lange hatten sich Parlamentsabgeordnete wie H.R. Pakenham über das System beklagt. Dieser sagte: „Ich gebe zu, es fällt mir keine passende Bezeichnung für ein System ein, das eine Gemeinschaft mit einem schlechten Artikel zu einem teuren Preis versorgt und sich dann bemüht, den Konsum dieses durch die eigene Gesetzgebung als schädlich erachteten

Stoffes zu erzwingen." Andere Destillateure stimmten dem zu und verfluchten das, was sie „die Tyrannei der Geschwindigkeit" nannten, die sie zwang, zu äußerst ungünstigen Bedingungen mit den Poitín-Herstellern zu konkurrieren, indem sie ein minderwertiges Produkt zu überhöhtem Preis vertrieben. Die Proteste zeigten jedoch ihre Wirkung, und 1823 wurde den lizensierten Whiskeybrennern mehr Zeit zum Destillieren eingeräumt. Doch kam es sofort zu weiteren Eingaben, „die Regierung möge jetzt effektiv dem Problem der gesetzeswidrigen Destillation begegnen." Vergießen Sie aber nicht allzu viele Tränen über die schlimme Lage des „armen ehrlichen Destillateurs", wie viele sich selber nannten. Wenige waren arm und noch weniger waren ehrlich. Sie mochten sich bitter über die Höhe der Steuer beklagen, die sie entrichten sollten, in voller Höhe gezahlt haben sie sie selten. In der offiziellen Steueruntersuchung jener Zeit wird behauptet: „Die Destillateure können es sich leisten, in großem Stil Bestechungen vorzunehmen, und sie tun es in einem unglaublichen Maße. Die beträchtlichen Steuern verleiten sie zur Bestechung in einem so hohen Grade, daß keine bislang bekannte Tugend eines Steuerbeamten diesen bewogen haben könnte, ihr zu widerstehen." Die Mechanismen des Eintreibens der Spirituosensteuer waren so komplex, daß sie die „Destillateure den Beamten auslieferten, woraus zwingend auch die übermäßige Vertraulichkeit zwischen ihnen folgen mußte." Mit anderen Worten: Korruption griff um sich.

Daher war den lizensierten Destillateuren ab 1823 ein besseres Los beschieden und der Poitín-Hersteller zunehmenden Angriffen ausgesetzt. Er hatte außer dem Gesetz noch andere Feinde, zum Beispiel das Wetter. Der Poitín-Preis fiel denn auch zwischen 1823 und 1835 von acht auf vier Schillinge pro Gallone, woran wesentlich das Wetter Schuld trug. Die Erklärung hierfür ist einfach. Gutes Wetter bedeutete eine gute Gerstenernte. Die Farmer hatten Ernteüberschüsse und konnten mindestens die Hälfte davon an die örtlichen Poitín-Brenner verkaufen. Eine zu gute Ernte aber, und die ganze Gegend wurde mit Poitín überschwemmt, wodurch die Preise fielen. Selbst bei einem Niedrigpreis ließ sich jedoch noch Geld machen. In ländlichen Gegenden waren die meisten Familien groß, und es gab einen Überschuß an Arbeitskräften. Viele waren Gelegenheits-

oder saisonale Poitín-Hersteller. Eine Destille ließ sich billig mieten oder kaufen. 1834 verkauften die reisenden Kesselflicker Brennblasen aus Blech mit Kupferspiralen und einem Fassungsvermögen von 50 bis 60 Gallonen für ca. ein Pfund in Mayo und Galway, für zwei Pfund in Derry. Der wirklich wählerische Meister seines Handwerks konnte eine Kupferblase samt Spirale, plus Flachssaat-Tonnen für die Fermentation und ein als Maischetonne benutztes Zuckerfaß für ungefähr sechs Pfund kaufen. 1834 schätzte ein Destillateur in Derry für die Steuererhebung die Kosten eines Poitín-Herstellers, der bereits über eine Brennblase verfügt:

„18 Steine Hafer à 7 Pence der Stein = 1 Pfund 1 Schilling. Hiervon wird er etwas über 8 Gallonen erzielen, die er leicht für 5 bis 6 Schilling pro Gallone verkaufen kann. Darüber hinaus kann er die Getreiderückstände als Viehfutter verkaufen und so ungefähr 150% Profit machen."

Wenn Poitín auf Reisen ging, wurde er natürlich für mehr verkauft – in Belfast zu jener Zeit für zehn bis zwölf Schillinge die Gallone –, aber es war der *Cadger*, der das Risiko trug und den Extraprofit einstrich.

1854 erstellte der Sonderausschuß „Schwarzbrennerei" die folgende Ausgaben für den Poitín-Hersteller:

Ausgaben :		*Einnahmen:*	
40 Steine Hafer	£4 2s 6d	17 Gallonen Gebrannter	£5 19s
Brennblasenmiete	1s 6d	+ Verkauf der Rückstände	12s
Brennstoff	6d		£6 11s
Hefe	1s 6d		
	£4 6s 0d		
		Gewinn: £2 5s 0d	

Ein Steuerbeamter behauptete während der Untersuchung, daß „der durchschnittliche Poitín-Hersteller drei Schillinge pro Gallone Gewinn machen kann." Das war nicht so gut wie zu seines Vaters Zeiten. Chichester errechnete, daß der Poitín-Hersteller 1818 „nach Abzug aller Verluste, Ausgaben und Risiken und der an die Steuerbeamten gezahlten Bestechungsgelder pro Tag 1 Pfund macht." Es gab natürlich weitere Beeinträchtigungen, erwähnt doch Chichester, daß „jeder müßiggehende Lump vor Ort es für Nachbarschaftspflege hielt, auf ein Probierschlückchen hereinzuplatzen, ohne auch nur im geringsten daran zu denken, für das Privileg zu zahlen." Trotz dieser gelegentlichen Gefahren und der ziemlich schwankenden Preise war die Poitín-Herstellung ein profitables Geschäft und für einige Kleinbauern eine notwendige Aufstockung ihres prekären Einkommens.

Womit wir zur Haltung der Grundeigentümer gegenüber Poitín kommen. Warum haben sie nicht nachdrücklicher versucht, diesem illegalen Gewerbe den Garaus zu machen? Einige taten es mit der Behauptung, „billiger Branntwein macht die Bauern untätig, nachlässig und impertinent. Es ist nur ein kleiner Schritt, erst trinken sie Poitín, dann diskutieren sie über Politik", während ein Pfarrer aus Donegal der Meinung war, die Poitín-Herstellung fördere „Ausschweifung, Meineid, Rebellion, Rache und Mord." Dieser Ansicht war auch der Graf von Kingston, der dem Schwarzbrennen in weiten Teilen der Grafschaft Cork für eine Weile Einhalt gebot, indem er eine Klausel in die Pachtverträge setzte, welche die automatische Grundstücksräumung vorsah, sollte ein Pächter wegen Schwarzbrennens verurteilt werden. Solche Kerle waren allerdings die Ausnahme. Viele Grundeigentümer bemerkten, daß die Chance, den Pachtzins voll und pünktlich zu bekommen, von den Extraeinnahmen abhing, die mit Poitín zu erzielen waren.

Das Leben des Bauern war hart und schwer. Er lebte größtenteils auf Subsistenzbasis. Mason zitiert beispielsweise einen Pfarrer aus Sligo mit den Worten: „Selbst wenn das Destillieren zur Felonie erklärt und mit dem Tod bestraft würde, würden die Armen meiner Gemeinde davon nicht ablassen, da sie keine andere Möglichkeit haben, ihren Pachtzins zu entrichten, und es ihnen egal ist, ob sie hängen oder verhungern." Die Steuereintreiber selbst behaupteten 1834, daß viele „sich umgehend im Gefängnis statt in ihren Hütten wiederfinden, sobald der Winter einbricht: dort geht es ihnen viel besser ... sie haben genug Kartoffeln, Hafermehl und Milch und eine gute warme Schlafstatt. Sie empfinden es als keine Schande, im Gefängnis zu sein, und gehen davon aus, daß Freunde ihre Familien unterstützen werden." Während dies – dessen bin ich mir sicher – dem damaligen irischen Gefängniswesen doch zu sehr schmeichelt, entspricht es der Wahrheit, daß der Schwarzbrenner häufig als ‚Berufsrisiko' aus dem Knast entlassen wurde.

Gewiß bedeutete es für den Poitín-Hersteller kein Stigma, ins Gefängnis zu wandern. Ein paar Grundeigentümer dachten schlechter über einen Pächter, von dem sie wußten, daß er seinen Pachtzins aus den Profiten entrichtete, die er durch den Poitín-Verkauf erzielte. Und glaubt man den Steuereintreibern, akzeptierten einige Grundeigentümer in Galway zuweilen Poitín an Stelle von Pachtgeld und behaupteten: „Selbst eine 50.000 Mann starke Armee könnte dem Poitín-Handel kein Ende bereiten." In Leitrim behauptete dann tatsächlich ein Gutsverwalter gegenüber den Steuerbeamten: „Die private Destillation ist die einzige Einnahmequelle, die sie haben, um den Pachtzins zu entrichten." Auch waren nicht alle Geistlichen gegen Poitín. B.W. Noel behauptete 1836, auf Achill Island gäbe es einen Mönch, der sein Einkommen durch das Segnen von illegalen Destillen erziele, während Caesar Otway versicherte, daß „sehr viele Geistliche ihren Zehnten nur aufgrund der Schwarzbrennerei bekommen." Und tatsächlich, so führte er an, existierte 1841 in Erris eine Kapelle, die zum Teil in eine Brennerei umgewandelt worden war.

„Ein Haus ermöglichte die zweifache Schuldbegleichung,
Eine Destille nachts, tags Ort der Gebetsverrichtung."

So wurde der alten Hymne ‚Oft in the stilly night?' eine neue Bedeutung verliehen. Da so viele ‚respektable' Herrschaften die Schwarzbrennerei tolerierten, wenn nicht gar aktiv unterstützten, war es oft sehr schwierig, Richter oder Geschworene zu finden, um die Poitín-Hersteller zu verurteilen. Warum aber erlebte Poitín im späten 19. Jahrhundert einen so raschen Niedergang, und warum existierte das Handwerk nur noch in bestimmten Gegenden, wenn Poitín doch so profitabel und gesellschaftlich akzeptiert war? Dies hat verschiedene Gründe.

Zuerst aber ein kurzer Blick auf das Schwarzbrennen in Schottland, welches nicht so unbedeutend ist, wie es zunächst scheinen mag. Wie in Irland blühte auch in Schottland die Schwarzbrennerei. 1820 wurden ungefähr 4.000 Urteile gegen Poitín-Hersteller gesprochen, und man sollte sich stets vor

Augen halten, daß diese Zahl nur die Spitze des Eisbergs markiert. Dennoch hatte sich dies alles innerhalb eines Jahrzehnts geändert, in nur zehn Jahren wurde der Schwarzbrennerei in Schottland ein Ende bereitet. Die Führer der Gentry, mit einem besonders aktiven Herzog von Gordon, hatten der Regierung hinter dem Rücken der Pächter einen Handel angeboten: Falls die Regierung die Whiskeysteuer drastisch senken würde, böten sie der Poitín-Herstellung ihrer Pächter Einhalt. Wäre diese einmal eingestellt, würde die Regierung trotz des geringeren Satzes mehr Steuereinnahmen erzielen, und die Gentry könnte aus den neuentstehenden Brennereien Profit schlagen. Der Handel wurde besiegelt. 1823 senkte die Regierung die Steuer auf schottischen Whisky von sechs Schilling zwei Pence auf zwei Schilling vierdreiviertel Pence. Binnen zehn Jahren gehörte die Poitín-Herstellung in den Highlands und den Lowlands der Vergangenheit an.

Da in Irland aus verschiedenen Gründen nicht die gleiche Taktik angewandt wurde, erfreute sich Poitín dort eines sehr viel längeren Lebens. Wenn wir die Gerichtsunterlagen vergleichen, können wir sogar eine Liste der *Top Ten* der Poitín-Grafschaften erstellen. Hier sind zum Beispiel die *Top Ten* des Jahres 1816, die auf den Destillen-Strafen beruhen, die jeder Baronie durch die Gerichte auferlegt wurden.

1. Grafschaft Donegal: 531
2. Grafschaft Tyrone: 151
3. Grafschaft Derry: 127
4. Grafschaft Mayo: 108
5. Grafschaft Galway: 86
6. Grafschaft Clare: 83
7. Grafschaft Leitrim: 74
8. Grafschaft Antrim: 55
9. Grafschaft Sligo: 54
10. Grafschaft Tipperary: 54

Dies waren im wesentlichen die Poitín-Grafschaften. Die gelegentliche Schwarzbrennerei mag es auch in anderen Grafschaften gegeben haben, aber nicht in einem Umfang, der der Obrigkeit Sorgen bereitet hätte. Natürlich können Lokalpatrioten jeder Grafschaft vorbringen, die Gründe, warum ihre Grafschaft in der ‚Berüchtigten'-Liste nicht weiter oben zu finden war, seien in mangelnder Rechtsdurchsetzung, größerem Geschick der Poitín-Hersteller, ihr Handwerk im Verborgenen auszuüben, in der Abgeschiedenheit der Orte oder in korrupteren und bestechlicheren Steuereintreibern zu suchen. All diese Punkte müssen berücksichtigt werden, wenn aber ein Blick in die Akten fast eines Jahrhunderts in etwa die gleiche Reihenfolge zeigt, können wir davon ausgehen, daß die Grafschaften Donegal, Derry, Tyrone und Mayo die – wie sich die Steuereintreiber auszudrücken pflegten – „am meisten verseuchten Gebiete" waren.

Die Gründe hierfür liegen auf der Hand. Abgeschiedenheit war und ist ein unbezahlbarer Aktivposten für den Poitín-Hersteller. Schlechte Straßen und mangelnde Transportmöglichkeiten waren für ihn von Vorteil. In diesen Gegenden etablierte sich Poitín, als es wenig Konkurrenz gab und die Leute ihn so sehr schätzen lernten, daß der Parlamentswhiskey, als dieser in breiterem Ausmaß erhältlich wurde, von den meisten Leuten dieser Gegenden verschmäht wurde. Sie zogen den ‚rauchigen' Geschmack des Malzwhiskeys dem scharfen Geschmack des Grain Whiskeys vor. Die Kosten waren natürlich ein weiterer wichtiger Faktor in diesen armen Landstrichen. In den Midlands und im Süden, wo der Transport einfacher und die Möglichkeit, entdeckt zu werden, wahrscheinlicher waren, erfuhr die Poitín-Herstellung im frühen 19. Jahrhundert ihren Niedergang. Hinzu kam schließlich die Konkurrenz durch Porter. Das Bier war im äußersten Nordwesten praktisch unbekannt, in Dublin und Cork aber sehr populär. Eines der wenigen Rätsel ist in der Tat, warum West Cork und Kerry nie für Poitín-Herstellung bekannt waren. Dort wurde natürlich auch ein wenig produziert. Es war aber offenbar sehr wenig, obwohl diese Gebiete ebenso wie der Nordwesten abgelegen waren, über reichlich fließendes Wasser und Torf verfügten und – wenn notwendig – über einen Markt: nämlich in der Stadt Cork. Es wurden verschiedene Theorien aufgestellt, die aber alle nicht befriedigend waren – das Land diente als Weideland, um Butter zu produzieren, Getreide war schwerer zu bekommen, legales Destillieren war wegen der Verfügbarkeit von Kohle effizienter. Was auch immer die richtige Erklärung sein mag, wahr ist, daß 1823 die Poitín-Herstellung auf die oben genannten zehn Grafschaften beschränkt war.

Im Süden und Osten expandierte und konsolidierte sich der lizensierte Destillateur, der oft die Zahlung des vollen Steuersatzes durch Bestechung umging. Seine wachsenden Profite mag er durch das gelegentliche Destillieren nebenbei aufgestockt haben, aber im großen und ganzen war es in seinem Interesse, ‚respektabel' und gesetzestreu zu werden. Auf der anderen Seite wurde der ärmere Bauer im äußersten Westen oder Norden ökonomisch geradezu in die Illegalität gedrängt.

Trotz des Gesetzes von 1823 florierte die Poitín-Herstellung, zumindest bis zu den Jahren der Großen Hungersnot. Danach ging sie zurück, wenn auch nicht so rapide, wie uns einige glauben machen wollen. Was waren die Gründe? Bessere Kontrollmaßnahmen und Kommunikationsmöglichkeiten spielten – wie wir im nächsten Kapitel sehen werden – eine Rolle, es gab allerdings noch weitere Gründe. In einigen Gebieten führte die Kirche den Kampf gegen Poitín an. Nach 1838 zeigte die Temperenzlerbewegung von Father Matthew (1790–1856) ihre Wirkung. Eine der größenwahnsinnigen Behauptungen über diesen Mann war die, es habe ihm gegenüber – in sechs Jahren seiner Kampagne – 5.000.000 Versprechungen gegeben, dem Alkohol zu entsagen, also von mehr als der Hälfte der erwachsenen Bevölkerung. Und dank seines Wirkens hätten 20.000 bankrotte Pub-Besitzer das Land verlassen müssen, während die Steuereinnahmen aus dem Spirituosenhandel von 1.435.000 Pfund im Jahre 1839 auf 852.000 Pfund im Jahre 1844 gefallen seien. Diese Zahlen sind jedoch höchstwahrscheinlich der Hungersnot zuzuschreiben und nicht den wundersamen Kräften dieses lästigen Priesters. Die Dezimierung der Bevölkerung durch Hungersnot, Tod und erzwungene Emigration mußte auch die Poitín-Herstellung treffen. Ist ein Mensch samt Familie aufgrund der Kartoffelfäule vom Tode bedroht, wird er es nicht riskieren, das winzige Körnchen, das ihm verblieben ist, zur Destillation zu verwenden. Nach den schlimmsten Jahren der Hungersnot wurde natürlich weiter Poitín gebrannt, wenn auch nicht im früheren Ausmaß. Ein gewisser Le Fanu berichtet in seinem Reisejournal von 1890 von regelmäßiger wie offenkundiger Poitín-Produktion in der Grafschaft Donegal im Monat Juli, wenn die gesamte Polizei in Derry weilte, um den jährlichen Aufruhr in Derry niederzuschlagen. Dort war es auch, wo der Klerus sich erneut einmischte. 1892 erklärte Dr. John O'Doherty, katholischer Bischof von Derry (zu dessen Diözese auch Inishowen gehörte), das Destillieren von Poitín zu einem Reservatfall, und bald darauf folgten die Bischöfe der Grafschaften Donegal, Fermanagh und Tyrone seinem Beispiel. (Ein Reservatfall bezeichnet eine Sünde, für die nur der Bischof selbst und nicht ein gewöhnlicher Beichtvater die Absolution erteilen kann.) Als Resultat des Treibens dieser autoritären Wichtigtuer konnte die Distriktverwaltung 1909 erfreut berichten, daß „kaum ein Tropfen Poitín in Tyrconnel (Donegal) zu finden ist". Eine Übertreibung, aber keine allzu große.

Die Landreform spielte ebenfalls eine Rolle beim Niedergang des Poitín. Die Königliche Kommission von 1906 stellte selbstgefällig fest, daß „ein Mann weitaus weniger trinkt, wenn er selbst Eigentümer von Land wird." Allerdings fiel der Spirituosenkonsum zwischen 1857 und 1922, soweit sich dies an den verfügbaren Zahlen ablesen läßt. Vor der Kampagne der Landliga und den daraus resultierenden Landreformen war das Los der Bauern häufig so schwer und bitter, daß das Trinken von Poitín die einzige Ablenkung von seinen Sorgen darstellte. Poitín war billig, einfach herzustellen und – eine Zeitlang – profitabel. Kein Wunder also, daß der Bauer sich daran erfreute. Sobald er aber ein kleines Stückchen Land sein eigen nannte, wurde ein Gefängnisaufenthalt zur bedrohlichen Perspektive.

Und als dann die Qualität des Parlamentswhiskeys langsam besser wurde, sank die Qualität so manchen Poitíns, da unübliche und minderwertige Rohstoffe verwendet wurden. Zur gleichen Zeit stieg der Konsum von Porter und Bier an, da diese in abgelegenen Gegenden nun eher erhältlich waren. So ging aus einer Reihe von Gründen im ausgehenden 19. Jahrhundert die Poitín-Herstellung zurück. Ausgestorben aber ist die Kunst nie, und es gibt – wie wir sehen werden – noch immer Künstler, die das alte Handwerk weiter pflegen.

KAPITEL 2

Poitín und das Gesetz

Zumeist in den abgelegenen Teilen des Landes lebend, hatten die Poitín-Hersteller und -Herstellerinnen vom Steuereintreiber wenig zu fürchten. Im 18. Jahrhundert gab es keine organisierte Polizei und die Steuereintreiber konnten die Schwarzbrenner nicht ohne die Hilfe einer Militäreskorte zur Kasse bitten. Die Soldaten waren oft selbst nicht sonderlich wild darauf, derlei Pflichten zu erfüllen, da die Poitín-Hersteller häufig bewaffnet und in Banden organisiert waren. G.E. Howard, selbst Steuereintreiber, schrieb 1776, daß „Steuereintreiber häufig angegriffen und manches Mal bei der Ausübung ihrer Pflicht verwundet oder getötet werden. Und oft erhalten sie kaum militärische Unterstützung, auf die sie eigentlich Anspruch haben." Manchmal aber waren die Razzien erfolgreich. So ist dem *Dublin Annual*-Register von 1778 beispielsweise folgendes zu entnehmen:

„Limerick, 25. Februar

Am zwanzigsten d. M. begab sich Seine Hochwohlgeboren John Downes, Steuerinspektor, begleitet von einigen anderen Beamten der Zivilverwaltung und einer Abteilung des 27. Regiments mit zwei Feldgeschützen zur Burg von Ognolly, um diese anzugreifen, da dort unter offenem Gesetzesbruch seit einigen Jahren eine Menge Brennereien betrieben wurde. Beim ersten Auftauchen des Militärkommandos wurde die Burg ohne den geringsten Widerstand aufgegeben. In ihr wurde eine der komplettesten Brennereien des Königreiches gefunden, die von den Angreifern total zerstört wurde."

Nicht jede Razzia verlief so unblutig. In der Grafschaft Armagh – ‚Banditenland‘ hat sie jemand einmal genannt – wurden 1797 mehrere Milizionäre beim Steuereintreiben in einer Auseinandersetzung mit ‚dem Mob‘ getötet. Nach diesem Ereignis wurde beschlossen, keine weiteren Armee-Einheiten zur Unterstützung der Steuereintreiber zu entsenden. Dieser Beschluß wurde aber drei Jahre später revidiert, und die Durchsuchungen begannen von neuem. Für einen Mann aus Donegal war es eine Beleidigung, wenn er sich seinen Poitín beschlagnahmen lassen mußte. Über die nordwestlich von Derry gelegene Halbinsel Inishowen heißt es in einem offiziellen Regierungsbericht aus dem Jahre 1824, dort seien „die Leute Schmuggler und Poitín-Brenner von der Wiege an", 60- bis 80-köpfige Banden, „so wild, daß es einer Armee bedürfte, sie zu bezwingen", verwickelten die Soldaten und Steuereintreiber oft in Kämpfe. 1819 vertrieben die Bewohner von Buncrana und Culdaff, „bewaffnet und offen verächtlich gegenüber den staatlichen Organen", 140 Infanterie- und 40 Kavalleriesoldaten. Laut Regierung gab es in der Grafschaft Mayo bei Erris nahezu 200 ganz offen arbeitende Destillateure, die von einer großen Horde „zerlumpter Jugendlicher" bewacht wurden. Die Brennereien waren bestens geschützt, lagen sie doch zwischen Bergen und dem Meer. Man konnte sie nur über zwei leicht zu kontrollierende Pässe erreichen. 1815 hatte die Regierung versucht, diesen ungeheuerlichen kriminellen Aktivitäten ein Ende zu bereiten, und ein Expeditionskorps von Steuereintreibern und 30 Soldaten losgeschickt, um Festnahmen vorzunehmen. Aber die Destillateure, die – wie es hieß – von einem Armeedeserteur ausgebildet worden waren, sahen deren Erscheinen gelassen entgegen und schlugen sie in die Flucht, nachdem diese eine geringfügige Menge *singlings* beschlagnahmt hatten.

In Donegal waren ähnliche Vorkommnisse nicht unüblich. Gamble überliefert in seinem Buch »Views of Society and Manners in the North of Ireland«, wie „fliehende Bergbewohner ihre Verfolger auf eine Poitín-Fährte lockten. Diese stürzten sich auf die Poitín-Gefäße und leerten sie gierig." Da ja nur minderwertiger Stoff freiwillig zurückgelassen wurde, war die Folge, daß „die englischen Milizionäre besinnungslos ins Heidekraut taumelten und liegen blieben, bis sie ihren Rausch ausgeschlafen hatten." Die Glücklichen! Das *Londonderry Journal* jener Zeit berichtet, daß Steuereintreiber nicht selten „von den Räuberbanden" in Säcken abtransportiert und zur Arbeit in der Brennerei gezwungen wurden. Für den Zeitraum zwischen 1808 und 1818 weiß das Journal von mindestens einem halben Dutzend toten Steuereintreibern und Destillateuren. So wurde zum Beispiel ein gemeiner Soldat der Dubliner Miliz bei Buncrana getötet, als er „heftig mit Steinen

oben: Dieses Foto wurde von W.A. George 1926 auf der Inishowen-Halbinsel gemacht, von der die Regierung behauptete, dort wären „die Leute Schmuggler und Brenner von der Wiege an". Die Kühlschlange ist im Wasserfaß links versenkt. Darin kondensiert der Dampf vom Kessel zu Poitín. (Ulster Folk Museum)

rechts: „Ich tu' bloß ..meine Arbeit." Einfacher RIC-Mann, um 1890 (Lawrence Collection, National Library of Ireland)

angegriffen wurde." Sechs Soldaten des North Hampshire-Regiments wurden bei Stranorlar entwaffnet und verprügelt, wobei ihr Offizier seinen Verletzungen erlag. In mindestens drei Fällen wurden Steuereintreiber vom Vorwurf, Schwarzbrenner getötet zu haben, freigesprochen. Verglichen mit damals, geht es den heutigen Steuerbeamten und Zöllnern sehr gut.

1783 hatte die Regierung eine Strafe von 20 Pfund für den Fall festgesetzt, daß in einer Grafschaft oder Stadt „eine Brennblase, ein Destillierkolben oder Läuterkessel" gefunden würde. Nach vielen Protesten wurde das Gebiet enstprechend eingegrenzt, aber die Strafe, die faktisch zur Pacht hinzukam, verursachte große Not. Wurde beispielsweise ein Teil einer Destilliervorrichtung auf deinem kleinen Stückchen Land gefunden, mußtest du eine schwere Strafe hinnehmen. Dies führte natürlich dazu, daß der Poitín-Hersteller seine Gerätschaften auf dem Grundstück eines Nachbarn versteckte. Auf diese Art wurden viele unschuldige Menschen ruiniert und mußten fliehen, da sie nicht in der Lage waren, die festgesetzte Strafe zu zahlen. Im *Erne Packet* von 1809 befindet sich ein Brief, der einen kurzen Augenzeugenbericht enthält:

„Ich beobachtete die Pächter eines Townlands, die wild ihr Vieh hinter die Hügel trieben, während die Frauen von Hütte zu Hütte rannten und sich gegenseitig trösteten und die Kinder zitterten, aber es gab auch andere Anzeichen der Furcht und Bestürzung. Der Grund: Über das Townland war eine Destillenstrafe verhängt worden!"

Da eine Belohnung für Informationen gezahlt wurde, die zur Entdeckung einer Destille führten, waren Korruption und Betrug an der Tagesordnung. Eine einfache Art, sich für zugefügtes Unrecht zu rächen oder eine alte Rechnung zu begleichen, bestand darin, einen Teil der Destilliervorrichtung unbemerkt auf Feindes Grund und Boden zu tragen und dann den Steuereintreiber zu benachrichtigen.

Es gab viele Informanten, und diesen wurde der Reihe nach mit schonungsloser Härte begegnet. Die Zeitung *The Ennis Chronicle* berichtete zum Beispiel 1792, wie einem solchen Informanten in Clare „ein Ohr samt einem Stück seiner Backe abgeschnitten wurde". Sein Körper und Kopf waren „schockierend übel zugerichtet und mit Fleischwunden übersät". Außerdem konnte der habgierige Informant einen Destillierapparat in fünf oder sechs Teile zerlegen und sie auf dem Grundstück dessen deponieren, dem er schaden wollte, und so noch mehr Belohnung kassieren und mehr Haß auf den Eichmeister oder Steuereintreiber lenken.

Mit der Einführung der Destillenstrafe sollten die Grundeigentümer gezwungen werden, die Ausrottung der Schwarzbrennerei zu unterstützen, was allerdings anscheinend nicht funktionierte. Gewiß handelten einige Grundherren, wie etwa der bereits erwähnte Graf von Kingston, in diesem Sinne, die große Mehrheit scheint sich allerdings am Spiel der „musikalischen Destillen" beteiligt zu haben, bei dem in Windeseile die Destillen von einem Townland ins nächste geschafft wurden, bevor die Eichmeister oder Steuereintreiber zuschlugen. Zunächst betrug die Strafe 60 Pfund pro Vergehen – im ausgehenden 18. Jahrhundert eine große Summe –, diese wurde aber bald auf 25 Pfund für das Erstvergehen und 40 Pfund für den Wiederholungsfall herabgesetzt. Beim dritten Mal mußten dann 60 Pfund berappt werden. Bei Nichtzahlung konnte das Eigentum konfisziert werden – daher das erwähnte Bemühen der im *Erne Packet* genannten Bauern, ihr Vieh auf das Land eines befreundeten Nachbarn zu treiben – oder es drohte Gefängnis. Ursprünglich oblag die Eintreibung der Destillen-Strafe Beamten, die hierfür eigens von den Anklagekammern ernannt wurden. Weil diese sich aber als völlig inkompetent und korrupt erwiesen, wurden ihre Aufgaben bald von der Steuerbehörde erledigt. Da die Steuereintreiber einen Bonus, nämlich die Hälfte der Townland-Strafe für sich bekamen, hatten sie ein starkes Interesse, Destillen aufzuspüren. Sie waren sich aber wohl sehr bewußt, daß sie nicht die Henne umbringen konnten, die ihnen die goldenen Eier legte. Und deswegen beschränkten sie sich oftmals auf geringfügige Beschlagnahmungen und die gelegentliche Prämieneinstreichung, um sich nicht selbst überflüssig zu machen.

In den ärmsten Poitín-Gegenden wie Donegal, Leitrim und Sligo verursachten die Townland-Strafen arge Not. Die Konfiszierung des Viehbestandes war eine Katastrophe, von der sich nur wenige Kleinbauern erholen konnten: Viele wurden inhaftiert und somit zu einer zusätzlichen Last für die Gemeinde,

Modell eines Destillierapparates, verwendet zur Ausbildung von Polizeirekruten. (RUC, Enniskillen)

andere wurden zur Flucht gezwungen. So verarmten Land und Leute, und es floß auch kein Geld mehr in die Regierungskasse. Zu der Feindseligkeit der Bauern und Gutsherren gegenüber den Steuereintreibern kam noch die Haltung des Militärs. Wie bereits erwähnt, war man in dessen Reihen nie besonders glücklich, bei der Steuereintreibung mitzuhelfen. Die Offiziere fürchteten, daß ihre Männer den Poitín wegsoffen, wenn sie ihn entdeckt hatten – eine große Versuchung für die schlechtbezahlten und -behandelten Fußsoldaten, ganz abgesehen davon, daß sie bei derartigen Einsätzen getötet oder verwundet werden konnten. 1817 gaben die befehlshabenden Offiziere Erlasse heraus, die darauf hinausliefen, daß ihre Männer, die laut Anordnung von oben zur Steuereintreibung eingesetzt werden sollten, nicht zum Steuereinnehmen geeignet wären. Von da an war es Soldaten nicht mehr erlaubt, selbst Beschlagnahmungen vorzunehmen. Zudem mußten sie sich stets im Blickfeld der Steuereintreiber aufhalten. Diese Anordnungen wurden derart befolgt, daß Morewood von einer Gruppe von Steuereintreibern berichtet, die eine schwere Tür einzuschlagen versuchten, während die Soldaten zuschauten und eine Bande schwitzender Poitín-Brenner eine Kette bildete, um die Brennblasen und den Poitín zur Hintertür hinaus in die Sicherheit der Berge zu schaffen.

Seit 1787 gab es neben den Steuereintreibern kleine Banden von Prämienjägern, mit denen die Steuerbehörde Privatverträge abschloß, wonach diese Schwarzbrennereien ausfindig machen sollten. Sie waren einigermaßen erfolgreich, so zum Beispiel in der Grafschaft Leitrim, wo ein vagabundierender Gauner namens Patrick Corner die Bande anführte. 1818 beschloß die Steuerbehörde, der mangelnden militärischen Unterstützung überdrüssig, die Operationen der Prämienjäger auszuweiten. Die verschiedenen kleinen Banden wurden zusammengefaßt und vergrößert und als Revenue Police (Steuerpolizei) bekannt. Sie waren bewaffnet, erhielten über die Erfolgsprämien hinaus regelmäßigen Sold und verfügten über zwei Wachen, in Ballina und in Sligo.

Sie wurden direkt von der Steuerbehörde bezahlt, was im Jahre 1820 die Summe von 20.000 Pfund verschlang, die bis zum Jahre 1833 noch auf 35.000 Pfund anstieg. Man hoffte, daß die Steuerpolizisten weniger korrupt als ihre Vorgänger wären.

Warum allerdings irgend jemand so kühn war, derartiges überhaupt zu vermuten, bleibt ein Rätsel. Ein Zeuge hat später gegenüber einer offensichtlich völlig inkompetenten Untersuchungskommission darauf hingewiesen, effektiv zu sein hätte bedeutet, sich selbst überflüssig zu machen und einen leichten Job aufs Spiel zu setzen. Anfänglich zählte die Steuerpolizei 1.000 Mann, die mit erheblichen Vollmachten ausgestattet waren. Colonel William Brereton erklärte später vor der Untersuchungskommission, daß „das Gesetz diese Polizei mit größeren und weitreichenderen Machtbefugnissen ausgestattet hat als irgendeine andere bewaffnete Streitmacht des Empires". Sie konnte Häuser ohne Durchsuchungsbefehl betreten und durchsuchen, Brennblasen zerstören und deren Inhalt wegkippen (oder trinken) und „die Gewalt anwenden, die sie für notwendig erachten." Wurden Zivilisten bei einer solchen Durchsuchungsaktion getötet oder schwer verletzt, was ziemlich oft vorkam, wurden die beteiligten Steuerpolizisten sofort gegen Kaution auf freien Fuß gesetzt und konnten sich zur Verteidigung einfach auf Act 7 & 8 Geo 4 c 53 berufen. Doch trotz solch drakonischer Vollmachten scheinen sie völlig ineffektiv gewesen zu sein. Nach 1820 stieg die Poitín-Herstellung an, da die Steuer auf Parlamentswhiskey erhöht wurde.

Ein Grund für diese Ineffektivität war die mangelnde Koordination. Darüber hinaus legten die Steuerpolizisten so gut wie keine Akten an, noch verrichteten sie tatsächliche Arbeit. Thomas Drummond, der später Unterstaatssekretär Irlands wurde, beobachtete sie zwischen 1826 und 1828 verschiedentlich ‚in Aktion' und war wenig beeindruckt. „Was ich sah, verschaffte mir keine gute Meinung über die Vorgänge", schrieb er. „Es ist schwer, sich etwas Unsinnigeres vorzustellen als ein halbes Dutzend Männer – sehr auffällig, was ihre Kleidung betraf, nämlich weiße Patronengürtel über grünen Uniformen –, die zur Mittagszeit aus der Stadt spazierten und so zu einer solchen Expedition aufbrachen. Sie hätten ebensogut einen Kurier losschicken können, der ihr Erscheinen ankündigt."

In einem Regierungsbericht nach dem anderen wurde mißmutig das Versäumnis eingestanden, „die schädliche Verbreitung des Poitín" nicht eingedämmt zu haben. Die Steuerpolizei beschwerte sich über mangelnde Unterstützung durch andere

Auf frischer Tat ertappt. Gestellte Polizeifotos, um 1890. (Law-rence Collection, National Library of Ireland)

Dienste zur Schaffung von „Recht und Ordnung", namentlich die Polizei und die Küstenwache. „Warum unterstützten sie die Steuerpolizei nicht?" lautete der unaufhörliche Schrei. Die Antwort war ganz einfach. Polizist und Küstenwächter wollten an ihrem Ort ein ruhiges Leben führen. Sie lebten in einem bestimmten Gebiet und konnten nicht – wie der Steuerpolizist – einfach weiterziehen. Warum in aller Welt sollten sie sich mit Männern zusammentun, die von mindestens 90 Prozent der Bevölkerung, unter der sie schließlich arbeiteten und lebten, verabscheut wurden. Außerdem nahmen sie genauso gerne ein Schlückchen Poitín wie jeder andere auch. Die Kritik an der Steuerpolizei wurde also lauter, aber die Steuerbehörde widersetzte sich allen Versuchen, diese Polizei aufzulösen. Die Behörde zog die Maßnahme, die in Schottland ihre Wirkung zeigte, nicht in Erwägung: die Senkung der Steuer auf Parlamentswhiskey, um den Poitín-Profit zu kappen. Stattdessen wurde beschlossen, die Steuerpolizei neu zu organisieren.

Mit dieser Aufgabe wurde Colonel William Brereton betraut, ein früherer Armeeoffizier, der 1839 zum Steuergeneralinspektor ernannt wurde.

Brereton setzte auf hartes Durchgreifen. Zwei Drittel der Steuerpolizisten wurden auf der Stelle entlassen. In Dublin wurde ein Ausbildungslager für neue Rekruten geschaffen, diese mußten alleinstehend und jünger als 25 Jahre alt sein, lesen und schreiben können. Sie bekamen 1 Schilling 3 Pence pro Tag, lebten in Kasernen, durften nicht „mit der örtlichen Bevölkerung verkehren", wurden einmal im Jahr neu eingekleidet und erhielten eine Belohnung für die Beschlagnahme von Destillationsgerätschaften.

Belohnungsskala für Steuerpolizisten im Jahre 1830:

Brennblase, Helm & Kühlschlange	
mit Würze und Pfanne	£3 3s
Brennblase & Helm	£2 2s
Trester oder Würze & Pfannen	£1 1s
Einfache Brennblase	10s
Helm oder Kühlschlange	5s

Offiziere erhielten bis zu 6 Schilling 6 Pence pro Tag und hatten „Söhne von Gentlemen" zu sein. Brereton war ein persönlicher Freund von Colonel McGregor, dem Generalinspektor der Polizei, und die Beziehungen zwischen den beiden Polizeien verbesserten sich. Die Küstenwache war hingegen weiterhin nicht kooperativ. Um diesem Zustand entgegenzuarbeiten, überzeugte Brereton die Aufsichtsbehörde, ein Boot zu kaufen, und für einige Jahre wurde der Kutter die Geißel der den Grafschaften Sligo, Leitrim und Donegal vorgelagerten kleinen Inseln, auf denen die Poitín-Hersteller im Prinzip lange Zeit Immunität genossen hatten.

Brereton war ein harter Zuchtmeister. Von seinen Männern wurde erwartet, daß sie zweihundert Meilen die Woche zurücklegten, um Schwarzbrennereien zu finden, und genauestens Buch über die pro Tag verrichtete Arbeit – sogenannte *still-bills* – führten. Zu der Zeit beliefen sich die Ausgaben für die Steuerpolizei auf 45.000 Pfund pro Jahr, ihr Erfolg war aber dennoch begrenzt. Wahr ist, daß, als sie die notorischsten der Grafschaften mit ihren Männern durchsetzt hatte, die Poitín-Herstellung zurückging, aber nur, um in den benachbarten Grafschaften zuzunehmen. Wenn Breretons Männer sich aus einem Gebiet zurückzogen, war dieses rasch wieder „infiziert". Die Verteilung der Polizeieinheiten im Jahr 1854 zeigt, daß die Poitín-Herstellung immer noch ein größeres Problem bereitete, und in den folgenden Gebieten herrschten die meisten Schwierigkeiten nach wie vor:

Munster (Clare, Tipperary) – 4 Einheiten
Leinster (Longford, Dublin) – 5 Einheiten
Connaught (Galway, Sligo, Mayo, Leitrim) – 29 Einheiten
Ulster (Donegal, Cavan, Tyrone, Fermanagh, Derry, Monaghan) – 34 Einheiten.

Die Statistiken über Verurteilungen und aufgespürte Brennereien zeigen, daß zwar Fortschritte erzielt wurden, die Steuerpolizei aber nicht wirklich effektiv arbeitete. Die Hungersnot hat natürlich – auf vernichtende Weise – dazu beigetragen, die Menge des gebrannten Poitíns zu senken. Trotzdem war die Regierung nicht zufrieden und dachte erneut darüber nach, die

Steuerpolizei auf dem Müllhaufen der Geschichte landen zu lassen. Ein Sonderausschuß sprach sich 1854 dagegen aus. Diese Empfehlung wurde aber überraschenderweise übergangen und Breretons Truppe 1857 aufgelöst. Seither oblagen die Steuerangelegenheiten der regulären Polizei.

Kaum jemand konnte sich mit dem neuen Plan anfreunden, am wenigsten die Polizei. Zuvor war sie zögerlich gegen eine große Zahl von *Shebeens*, illegale Trinkhöhlen also, vorgegangen und hatte so den Zorn der örtlichen Trinker auf sich gezogen. Shebeens waren nicht schwer zu finden: Die am Rande der Ortschaften gelegenen Etablissements warben durch das Aushängen einer Sode Torf. Im allgemeinen hielten sie ein bißchen Parlamentswhiskey zum Vorzeigen und sehr viel mehr Poitín zum Konsum vorrätig. (Es darf dabei nicht vergessen werden, daß sie auch für die örtlichen Konstabler die einzigen Trinkstätten waren.) Auch andere waren unglücklich. Ein Abgeordneter behauptete vor dem Unterhaus: „Es besteht der Verdacht, daß die Polizei, wenn sie Poitín findet, diesen trinkt, statt ihn zu vernichten."

Die Poitín-Herstellung erlebte nach der Hungersnot ihren langsamen Niedergang, als Parlamentswhiskey im Verhältnis billiger, leichter zu bekommen und Gerste rar war. Die Landreform spielte dabei – wie wir gesehen haben – ebenfalls eine Rolle, und nur in den wirklich entlegenen Gegenden wurde das alte Handwerk weiter gepflegt. Da man in Poitín keine große Bedrohung der Wirtschaft mehr sah, wurde der Druck von der Polizei genommen, und die Gesetzeshüter konnten so tun, als ob sie nichts sahen. Poitín wurde in einigen Landesteilen mehr oder weniger offen weiter produziert. Das Prämiensystem existierte ebenfalls weiter, wie auch Mißbrauch damit getrieben wurde. Es bot den schlecht bezahlten Konstablern auf dem Lande eine gute Möglichkeit, ihren Lohn aufzubessern. Erst 1901, als die Gesamtprämiensumme bei ungefähr 3.000 Pfund pro Jahr lag, räumte der Polizeichef Irlands ein, daß „viel Mißbrauch" getrieben würde, und 1902 versicherte ein Parlamenstabgeordneter, ein und dieselbe Destille sei zweihundertmal Ziel einer Beschlagnahmeaktion gewesen. Vorgetäuschte Beschlagnahmungen wie in diesem Fall schadeten der örtlichen Bevölkerung nicht, nutzten aber dem Konstabler der Royal Irish

Constabulary (RIC) und besänftigten offenbar die Steuerbehörde in Dublin. Der folgende leichtherzige Bericht über eine
Durchsuchungsaktion durch den Konstabler Jeremiah Mee und
seine Kollegen auf der vor der Küste der Grafschaft Leitrim
gelegenen Insel Inishmurray zeigt, wie offen die Poitín-Herstellung noch 1918 von der Polizei gutgeheißen wurde. Die folgenden Textauszüge sind den bei Anvil Press erschienenen
Memoiren des Konstablers Mee entnommen:

POITIN-JAGD AUF INISHMURRAY

Ein paar Tage nach meiner Ankunft in Grange wurde mir befoh-
len, Sergeant Connolly und Konstabler Clarke auf einer Steuer-
mission, d.h. bei der Poteen-Suche auf Inishmurray zu begleiten. Ich wurde mit einem offiziellen Rettungsgürtel ausgestattet.
Dieser war eine Art Weste, gefertigt aus Korkquadraten in der
Größe von halben Backsteinen, die mit dünnem Draht verbunden waren. Er wurde so angepaßt, daß er unter dem Waffenrock
getragen werden konnte, und verlieh dem Träger ein plumpes
Aussehen. Bis dahin war ich noch nie Boot gefahren, außer auf
Lough Gill, wo ich mich aber stets in unmittelbarer Nähe einer
der Inseln, also in Sicherheit befand. Ich hegte also einige
Zweifel, als ich die Korkweste anlegte, die während der fünf
Meilen langen Überfahrt nach Inishmurray und bei rauher See
mein Rettungsgürtel sein sollte. Außer mit Korkwesten waren
der Sergeant und Konstabler Clarke mit langen, spitzen Stahl-
stäben ausgerüstet, die auf unserer Suche nach Schwarz-
brennereien dazu dienen sollten, in Heu- und Getreidehaufen zu
stochern und das Strandgeröll abzusuchen. Bei Streedagh
Point wartete ein kleines, mit zwei kräftigen Fischern aus
Mullaghmore bemanntes Boot auf uns. Die Fischer trugen
Seemannskleidung und hatten ihre Kappen, deren Schirme
nach hinten gedreht waren, weit in die Stirn gezogen, um
besser den steifen Brisen widerstehen zu können, die vom
Atlantik her wehten. Da es keinen richtigen Pier gab und das
Wasser nur wenige Ufermeter seicht war, lag das Boot in
ziemlich tiefem Wasser vor Anker. Die beiden Fischer kamen
uns mit bis über die Knie hochgekrempelten Hosen entgegen.

oben: „Dafür kriegen wir schon ein paar Schillinge, Leute",
freuen sich die Garda. (T. W. Battle); unten: „Fünf mickrige
Schillinge für eine Kühlschlange?" jammert die Polizei. (T. W.
Battle)

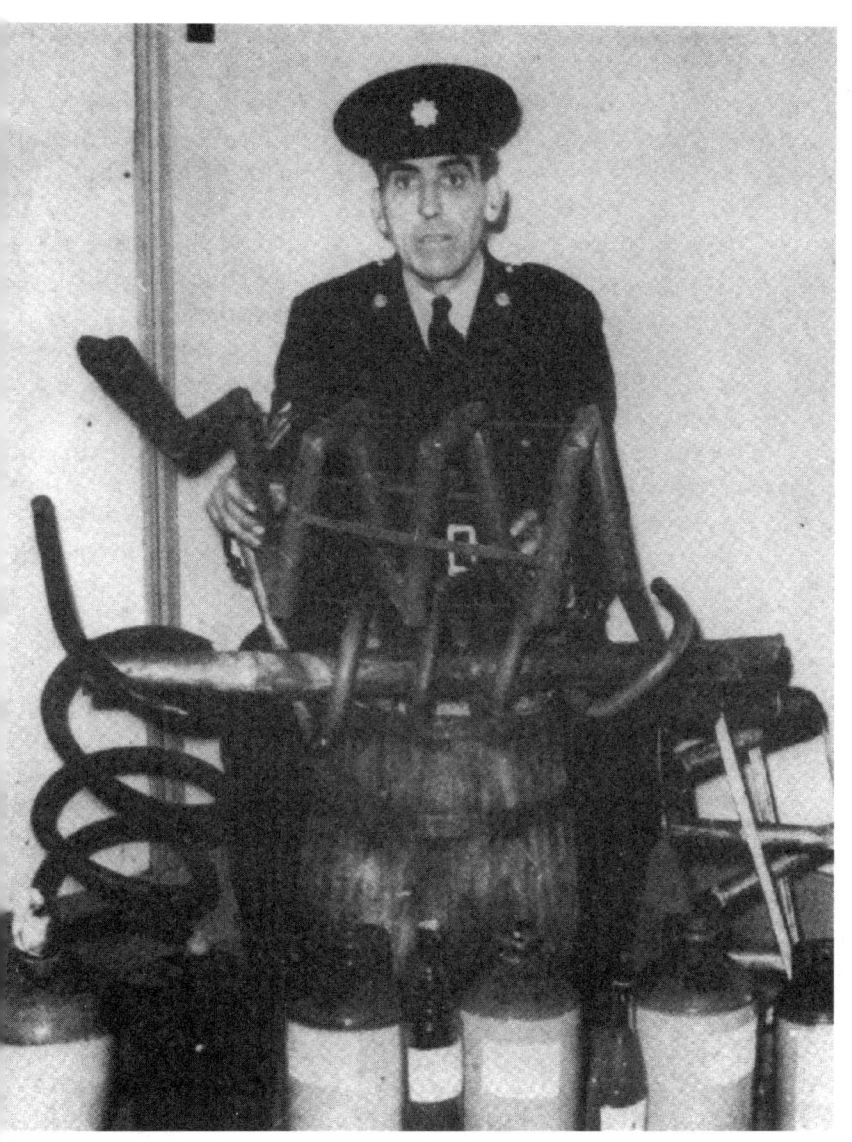

„Was, schätzen Sie, ist diese Fuhre wohl wert?" (T. W. Battle)

Als sie das Ufer erreicht und wir uns förmlich begrüßt hatten, wandten sie dem Sergeanten und Clark den Rücken und diese wurden von den Fischern zum Boot gebuckelt, ohne naß zu werden. Für die beiden RIC-Männer war das selbstverständlich, und der Sergeant lächelte nicht einmal, während ich am Strand saß und wegen des ungewöhnlichen Anblicks lachte. Einer der Bootsleute kam erneut zum Strand, und auch ich wurde auf den Rücken genommen. Nie in meinem Leben habe ich mich weniger als Polizist gefühlt.

Die See war kabbelig, wie es die Bootsleute euphemistisch ausdrückten, und meine Korkweste verhinderte mein Herzklopfen nicht, als das kleine Boot durch das aufgewühlte Meer dümpelte. Zu meinem Unwohlsein trugen dann noch die von den Fischern erzählten Geschichten bei, die davon handelten, wie sie während des Heringfangs bei Inishmurray den Haien mehrmals gerade so entkommen waren. Augenscheinlich wurden die Fischer von Hunderten von Möwen zu den Heringsschwärmen geleitet. Die Haie hielten sich ebenfalls in der Nähe der Heringsschwärme auf und zogen von Zeit zu Zeit mit großer Geschwindigkeit ihre Kreise um die Fische. Werden die Netze ausgelegt, während der Hai seine Kreise zieht, besteht die Gefahr, daß er darin gefangen wird, und wenn er daran zieht, kann das Boot zum Kentern gebracht werden, es sei denn, den Fischern gelingt es, schnell die Netze zu zerschneiden.

Während wir auf der rauhen See so dahinschaukelten, sahen wir in zwei bis drei Meilen Entfernung drei weitere Ruderboote. Deren Vorankommen war so langsam, daß es schwer abzuschätzen war, ob sie sich auf uns zu- oder in die entgegengesetzte Richtung bewegten. Mir wurde allerdings versichert, in diesen Booten würden die Polizisten aus Cliffony, Magherow und Drumcliff in der gleichen Mission wie wir nach Inishmurray gebracht. Es wurde bald deutlich, daß sich alle Boote auf die Insel zubewegten und ‚fahrplanmäßig' eintreffen würden, d. h. ich stellte anhand der von den Booten noch zur Insel zurückzulegenden Strecke fest, daß sie etwa zur gleichen Zeit wie wir dort ankommen würden.

Damals lebten zwölf Familien auf Inishmurray, und als ich die gesamte Bevölkerung, Männer, Frauen und Kinder, am Ufer versammelt sah, dachte ich, uns würde ein heißer Empfang bereitet. Ich lag aber völlig falsch, da uns, abgesehen von den fehlenden Flaggen und Kapellen, kein herzlicherer Empfang hätte zuteil werden können. Die Männer kamen an den Wasserrand, um uns an Land zu helfen, und auch die Frauen standen ihnen in Freundlichkeit nicht nach. Sie kannten alle Polizisten, außer mich, und die Polizisten nannten die Bewohner bei deren Vornamen. Dann wurden eine paar Päckchen verteilt, die wir zur Insel mitgebracht hatten. Auf praktisch jeder Fahrt der RIC zur Insel wurden den Inselbewohnern Lebensmittelpakete und andere Dinge, inklusive Briefe, mitgebracht. Später erfuhr ich von den Inselbewohnern, daß die Pakete oft Melasse und Hefe für die Poteen-Herstellung enthielten und einige der Briefe nichts anderes waren als Poteen-Bestellungen von Kunden drüben auf der Hauptinsel. Sie ließen mich auch wissen, daß sie stets wußten, wann die Polizei auftauchen würde, dann nämlich würden die illegalen Brennblasen und der Poitín auf eines oder mehrere ihrer Boote verladen und Richtung Westen gerudert werden, wo die Ruderer ihre Zeit mit Angeln zubrachten, bis die RIC die Insel wieder verlassen hätte.

Nach einer ungefähr halbstündigen Konversation mit den Inselbewohnern gingen wir dann unserer Arbeit nach und begannen jeweils zu zweit nach illegalen Brennblasen und Poitín-Vorräten zu suchen.

Inishmurray ist zweimal so lang, wie die Insel breit ist, und umfaßt etwa zwei Hundert *statute acres* Land (1 statute acre = 44,5 Ar), wovon ein Teil sehr gutes Acker- und Weideland ist. Der größte Teil ist jedoch unfruchtbares Ödland. Es gibt dort weder Bäume noch Flüsse oder Seen, und es ist gänzlich den Atlantikstürmen ausgesetzt. Es gibt keine ordentlichen Bootslandeplätze, nur ein paar schmale Buchten, so daß bei stürmischem Wetter Boote weder anlanden noch die Insel verlassen können. Diese ist auf allen Seiten von einer Vielzahl von riesigen, zum Teil tonnenschweren, übereinander getürmten Felsblöcken umgeben. Die Insel ist tief eingeschnitten, und an manchen Stellen gibt es Höhlen von mindestens 20 Fuß Höhe und einer oft schwer feststellbaren Tiefe. Die Böden der Höhlen sind mit Felsbrocken übersät, und da hindurch bahnt sich das Meer seinen Weg, dessen aufgeworfene Wassermengen einen ohrenbetäubenden Lärm verursachen. Wir hätten in der Tat Bleistifte

Polizeiliche Beschlagnahmung, Inishmurray Island. Der Konstabler Mee begleitete gewöhnlich solche Männer. (Public Record Office of Northern Ireland)

statt der Stahlstangen nehmen können, um auf diesem schwierigen Terrain nach Poitín zu suchen, das nur von Falken, Rauch- und Felsschwalben aufgesucht wird. Bis zu diesem Tag auf Inishmurray war mir nie bewußt geworden, daß der Polizeidienst zu einer solchen Farce herabgewürdigt sein kann. Es war nicht nur möglich, illegale Brennblasen und Bestände zwischen den Felsen und in den Höhlen der abgelegenen Insel zu verstecken, sondern auch ein ganzes Regiment Soldaten. Überflüssig zu erwähnen, daß wir an diesem Tag nichts fanden. Nachdem die Zerstörung des einzigen Gewerbes dieser freundlichen Leute uns also nicht gelungen war, kehrten wir ins Haus von Herrn Harte zurück, der den Polizisten und Steuereintreibern stets Tee servierte. Der Tee war ausgezeichnet und die Rechnung selbst für damalige Verhältnisse niedrig. Und, glauben Sie mir oder nicht, zum Schluß unseres Mahles wurden uns noch ein paar Gläser Poteen spendiert.

Während wir unseren Tee tranken, braute sich ein Sturm samt Blitz, Donner und strömendem Regen zusammen. Als der Sturm zu fortgeschrittener Zeit noch immer nicht aufgehört hatte, diskutierten wir die Frage, ob wir auf der Insel bleiben müßten. Die Inselbewohner bestärkten uns zu bleiben und trafen die notwendigen Vorbereitungen. Die Bootsleute schüttelten den Kopf, als wir sie fragten, ob es ratsam sei, zur Hauptinsel zurückzukehren. Später jedoch legte sich der Sturm etwas, und wir beschlossen entgegen dem Rat der Bootsleute, zurück zu rudern.

Hatte ich gedacht, bei der Überfahrt zur Insel sei die See rauh gewesen, so war sie verglichen mit der Rückfahrt sehr ruhig gewesen. Statt hohem Wellengang waren wir einer zornigen wie schäumenden See ausgesetzt. Bevor wir uns auch nur eine halbe Meile von der Insel entfernt hatten, schwappte eine Welle nach der anderen über unser kleines Boot hinweg und füllte es zeitweise zur Hälfte mit Wasser, so daß zwei Mann damit beschäftigt waren, es auszuschöpfen. Ich machte keinen Hehl daraus, daß ich fürchterliche Angst hatte, und einer der Bootsmänner nahm dies zum Anlaß, eine Flasche Poteen hervorzuholen. Sie wurde herumgereicht, und alle tranken davon. Zwischen dem Wellenschlag und dem starken Poteen war es mir egal, ob das Boot heftig schwankte. Ich war sogar unfähig, beim Ausschöpfen zu helfen. Erst weit nach Einbruch der Dunkelheit erreichten wir das Ufer zwei Meilen von der Stelle entfernt, an der wir hatten landen wollen. Selbst die meererfahrenen Bootsleute waren außerordentlich erleichtert, an Land gehen zu können, und sagten, dies sei die schlimmste Überfahrt gewesen, die sie je erlebt hätten. Es war der erste von vielen Ausflügen, die ich dienstlich nach Inishmurray unternommen habe."

Konstabler Mee und seinen Kollegen war es damals wenigstens gelungen, auf die Insel überzusetzen, wenn sie auch nicht viel beschlagnahmen konnten, im Gegensatz zu ihren stolzen Kollegen auf dem Foto. Fünfunddreißig Jahre früher wäre es allerdings fraglich gewesen, ob sie ihren Fuß auf Inishmurray hätten setzen können, glaubt man dem Bericht von Inspector H.A. Robinson. Robinson war kein Polizist, 1881 aber von der Regierung gebeten worden, einen Bericht zur „Lage des Kartoffelanbaus an der Küste der Grafschaften Galway und Sligo" zu erstellen. Er besuchte also auftragsgemäß die entsprechenden Gegenden, und sein Bericht enthält einige interessante Informationen über die Haltung der örtlichen Bewohner.

„Ich begab mich an Bord des Schiffes Ihrer Majestät ‚Bruiser' (Kraftmeier) und besuchte die Inseln Gonimna, Lettermore, Lettermullen, Dinish, Finish, Sherk, Crappagh, Eragh, Inisnee, Omey, Boffin, Shark, Achil, Achilbeg und Iniskea North wie South ... Die Ankunft des Schiffes in der Bucht von Kilkieran war das Signal für alle Frauen und Männer der gesamten umliegenden Inseln, sich vollzählig und wohlvorbereitet am Landesteg einzufinden, um dem zunächst feindlich erscheinenden Besuch einen unvergeßlichen Empfang zu bereiten. Sie erwarteten, wegen der säumigen Pacht belangt zu werden, was der Grund war, warum sie sich zu dieser Demonstration zusammengefunden hatten. Es ist aber ebenso wahrscheinlich, daß sich das schlechte Gewissen der Eigentümer der illegalen Whiskey-Brennereien rührte, als das Kanonenboot Ihrer Majestät sich durch die enge Felsbucht schlängelte. Die Polizei hatte jüngst wiederholt Beschlagnahmeaktionen gegen diese Brennereien vorgenommen und ging davon aus, daß in erheblichem Umfang Whiskey schwarz auf diesen Inseln gebrannt und in großen Mengen überall im Lande verkauft wurde."

Robinson fährt fort, da das Land so arm und der Kelp-Handel sehr zurückgegangen sei, sehe er ohne weiteres, daß die

Die geheime Poitín-Kommission der RIC. (T. W. Battle)

Bewohner keine anderen Möglichkeiten hätten, für ihren Lebensunterhalt zu sorgen, und schildert kurz die Landung auf Iniskea am nächsten Tag.

„Wie schon in Kilkieran wurde die Ankunft des Kanonenbootes hier als Vorbote unfreundlicher Akte gesehen, und bevor mir erlaubt wurde, an Land zu gehen, wurden Informationen über Ziel und Natur meines Besuches gefordert.

‚Ist Polizei an Bord?'

‚Nein.'

‚Woher kommen Sie also?'

‚Von der Lokalverwaltung.'

Es folgte eine rasche Durchsuchung, und da es keine Hinweise darauf gab, daß die Lokalverwaltung sich jemals Animositäten gegen Poitín hatte zuschulde kommen lassen, wurde meine umgehende Landung geduldet."

In den Jahren 1918–22 nahm die Poitín-Herstellung zu. Whiskey war knapp, so daß die Nachfrage nach Poitín wuchs, während die RIC mit der Bekämpfung der IRA befaßt war. In einigen Gegenden jedoch war der Poitín-Hersteller vor der Aufmerksamkeit der RIC sicher, bekam es aber mit den örtlichen republikanischen Gerichten zu tun, da viele der Freiwilligen so vehement gegen den Verkauf von Poitín waren, wie sie die Engländer bekämpften. Und so mußten einige Poitín-Hersteller im Westen Irlands, wo Sinn Fein in den Dörfern selbst die Polizeifunktion übernahm, sonntags nach der Messe an der Spitze der Gläubigengemeinde paradieren, schwer bestraft dadurch, daß sie dazu gezwungen waren, ihre eigenen Brennblasen zu zerstören.

Ein Bericht hierüber findet sich in dem 1921 veröffentlichten Buch »Tales from the RIC«. Dies ist ein offenkundig pro-britisches wie anti-irisches Buch, voll von verleumderischen Behauptungen gegen Sinn Fein-Mitglieder und ebenso voll des Lobes für die ‚Zurückhaltung' der ehrenwerten Black and Tans. Aber es liefert eine Beschreibung des örtlichen Sergeanten, der selber des Nachts in den Poitín-Verkauf involviert war, während er bei Tage danach suchte. Der Autor, der anonym blieb, von dem man aber annimmt, daß es A.W. Strong war, beschreibt, wie ein Waliser, David Evans, ein altes Herrenhaus anmietete, das vom Eigentümer während des Unabhängigkeitskrieges nicht bewohnt wurde, und auf dem Dachboden eine große Destille einrichtete. Er importierte Melasse in Mengen, entsagte also den alten Gerstenrezepten, und baute ein Vertriebsnetz auf, zu dem ‚Teekarren' (Karren, auf denen Lebensmittelhändler ihre Waren in abgelegene Gegenden transportierten) und Molkereifahrzeuge ebenso gehörten wie Postwägelchen. Evans, so wird behauptet, entging dem Zorn von Sinn Fein und RIC und trat in den Ruhestand, nachdem er während der Unabhängigkeit reich geworden war.

Auszüge aus dem RIC Kodex (1888, ergänzt 1911) bezüglich Poitín

1654. Durchsuchungsbefehl
Obwohl laut Absatz 18 des Artikels 1 und 2 Wm IV Steuereinnehmer ermächtigt sind, bei *Tag* oder bei *Nacht* alle verdächtigen Häuser oder Orte ohne Durchsuchungsbefehl zu betreten, um nach privaten oder versteckten Brennblasen oder Gefäßen zu suchen, die zur Schwarzbrennerei benutzt werden, oder nach Alkohol, *Low Wines* u.ä., die die Destillation vorbereiten oder vorbereitet haben, oder nach illegal hergestelltem Malz oder Getreide, sollte von diesem Recht kein Gebrauch gemacht werden, wenn nicht der Verdacht oder die Information der Art ist, daß sie dieses Vorgehen vollständig legitimieren – denn es sollte daran erinnert werden, daß laut dem letzten Teil desselben Gesetzes es das tatsächliche *Auffinden* dieser genannten Dinge ist, das im Falle der Anzweiflung der Rechtmäßigkeit des Vorgehens dessen Legitimation darstellt. Die klügere und ratsamere Vorgehensweise besteht in allen nicht eindeutigen Fällen in der Einholung eines richterlichen Durchsuchungsbefehls, wie es laut Absatz 17 des betreffenden Artikels vorgesehen ist.

1658. Ausrüstung zur Fahndung
Ein Fahndungstrupp sollte aus nicht weniger als drei Mann bestehen. Auf Revieren, in denen es Revolver gibt, sollten diese anstelle der Karabiner, sonst aber Karabiner mitgeführt werden. Das Mitglied eines solchen Trupps, dem die Aufsicht über das

RIC Kodex (1880, ergänzt 1911), Absatz 1667: Die für den die Beschlagnahme durchführenden Trupp zuständige Person hat sich von der Echtheit von Maische und Schlempe etc., die während der Beschlagnahmeaktion beschlagnahmt und vernichtet werden, zu überzeugen, indem sie von der Flüssigkeit probiert und jedem anderen Mitglied des Trupps auferlegt, dies ebenfalls zu tun. (Colman Doyle)

„Das Spiel gefällt mir!" (Colman Doyle)

Pose der Garda vor der Zerstörung einer Destille. Beachten Sie den unglücklichen Gardai, den zweiten von rechts. (Irish Times)

gesetzliche Gallonenmaß übertragen wurde, sollte – unter keinen Umständen – einen Karabiner mit sich führen. Er soll zwei Paar Handschellen bei sich haben, auf jeder Seite seines Gürtels ein Paar. Zu diesem Zwecke kann Revieren ein besonderer Handschellen-Halter zur Verfügung gestellt werden. Bajonette sollten von keinem der Männer mitgeführt werden.

1667. Untersuchung des Beschlagnahmten
Die für den die Beschlagnahme durchführenden Trupp zuständige Person hat sich von der Echtheit von Maische und Schlempe etc., die während der Beschlagnahmeaktion beschlagnahmt und vernichtet werden, zu überzeugen, indem sie von der Flüssigkeit probiert und jedem anderen Mitglied des Trupps auferlegt, dies ebenfalls zu tun.

1668. Vernichtung des Beschlagnahmten
Jegliches Malz und Getreide, das der Beschlagnahme unterliegt, ist durch Verbrennen zu vernichten, an der Meeresküste kann es auch ins Meer geschüttet werden. Alle rechtswidrigen Malz- und Destillierhäuser sind vollständig zu zerstören.

Die republikanischen Gerichte existierten zwischen 1918 und 1922. Sie waren ein vorwiegend ländliches Phänomen, es gab sie aber auch in einigen größeren Städten. Sie bestanden zur Zeit des Unabhängigkeitskrieges, als die Politik des Boykotts aller englischen Institutionen auf dem Höhepunkt war und viele Leute es vorzogen, sich an die örtliche IRA oder an Sinn Fein zu wenden, um ihre Differenzen mit Nachbarn beizulegen, statt sich auf die RIC oder die Richter des Landadels zu verlassen. Sinn Fein hat dies nachdrücklich vorangetrieben, und es wurden republikanische Gerichte einberufen, die natürlich im geheimen tagten.

Rückblickend sehen viele heute in diesen Gerichten eine revolutionäre Entwicklung, was sie faktisch allerdings selten waren. Oft waren die Richter zwar voll des nationalistischen Eifers, aber auch extrem konservativ. So entschieden sie beispielsweise gewöhnlich zugunsten des Großgrundbesitzers, wenn die Bauern versucht hatten, deren Land zu enteignen und Kooperativen oder Sowjets zu gründen. Im Lichte solch reaktionärer Haltungen ist es leichter zu verstehen, warum diese

Gerichte auch so sehr gegen den örtlichen Poitín-Hersteller waren, der gezwungen wurde, sich vor der Sonntagsmesse den Gemeindemitgliedern zu stellen und zuzusehen, wie seine Brennblase zerstört wurde. Die meisten Sinn-Fein-Mitglieder jener Zeit waren Verfechter der totalen Abstinenz, und für viele war der Poitín-Hersteller in ihrer Gegend ein korrumpierender Störfaktor. Darüber hinaus fürchteten sie, die jungen Männer würden seltener zum militärischen Training und Drill erscheinen, wenn sie immer Poitín tränken. Dies ist nicht frei von einer gewissen Ironie, da viele Poitín-Hersteller enthusiastische Republikaner waren, deren genaue Ortskenntnis von Land und Bergen den Männern, die untergetaucht waren, oft von Nutzen war. In einigen Gegenden, z.B. Munterloney in den Sperrins, kostete das harte Vorgehen gegen Poitín-Hersteller die republikanische Bewegung viel an Unterstützung.

Die puritanische Strömung innerhalb von Sinn Fein und der IRA existierte noch eine ganze Weile. So war es zum Beispiel in den vierziger Jahren nahezu unmöglich, in Belfast einen IRA-Mann zu finden, der rauchte oder trank. Das war verpönt. Die Zeiten haben sich diesbezüglich geändert, aber zwischen 1918 und 1922 glaubten viele Sinn Feiner, sie müßten ihre ‚Autorität‘ ausüben, indem sie für ‚Ruhe und Ordnung‘ sorgten – und auf RIC-Polizisten und Black and Tans schossen.

DIE RICHTER SIND ANDERER MEINUNG

„Leute, die Poitín herstellen und verkaufen, sind genauso schlimm, wenn nicht schlimmer, wie diejenigen, die Drogen verkaufen."   (Richter Kenny, 6. November 1973)

„Ich höre, es soll ein gutes Einreibemittel gegen Hexenschuß sein."   (Richter O'Farrell, 14. Januar 1977)

Nachdem er einen Mann zu 6 statt 200 Pfund Strafe oder gar zu Gefängnis verurteilt hatte: „Mir scheint, dieser veraltete Paragraph läßt mir keine andere Wahl, ginge es allerdings nach mir, unternähme ich gewisse Schritte in Bezug auf Fälle wie diesen. Es muß doch lächerlich erscheinen, daß uns nach fünfzig Jahren Selbstregierung keine andere Wahl bleibt."

(Richter Shaw, 15. März 1972)

56

KAPITEL 3

An den ungewöhnlichsten Orten

Aufgrund seiner illegalen Natur ist Poitín stets im Verborgenen hergestellt worden. In der Vergangenheit wurden die Brennkessel – selbst in der Sicherheit der Berge von Donegal, wohin kein Steuereintreiber je einen Fuß setzte – stets gut versteckt und – meistens von Kindern – rund um die Uhr bewacht, um der Entdeckung des Verstecks durch neugierige Augen vorzubeugen. Oft wurden komplizierte Fußfallen gelegt, unsichtbare Gräben oder Gruben, in die der Ahnungslose stolpern und sich ein Bein brechen konnte. Sorgfältig getarnte Höhlen wurden häufig benutzt, und natürlich waren für viele Schwarzbrenner Inseln ideal. Manchmal wurden versteckte Räume in Häuser eingebaut, in denen der Destillateur ungestört arbeiten konnte, wobei das Hauptproblem war, Rauch und Geruch abzuleiten. (Ich habe von einem Fall gehört, bei dem sich die Destillateure für ein ebenso freches wie dreistes Vorgehen entschieden haben. Sie bewohnten ein Haus, das an die örtliche Polizeistation anschloß, mit der sie sich den Schornstein teilten. Ihr Treiben blieb jahrelang unentdeckt, obwohl sich die Destille quasi vor der Nase der Polizei befand. Als sie schließlich ertappt wurden, ließ man sie laufen, wäre es doch zu peinlich für die Polizei gewesen, den Fall vor Gericht zu bringen.)

Carleton beschreibt eine Höhle „tief unter den Felsen, die sich über ihr in einer Art gotischen Bogen schlossen: Das Wasser fiel durch einen Spalt von oben herab und bildete einen unterirdischen Wasserfall in der Höhle." Dahinter arbeitete der Poitín-Hersteller.

In seinem Buch »Lovely is the Lee« berichtet Gibbings, wie er unweit von Macroom in der Grafschaft Cork eine Bergwanderung unternahm, als er plötzlich über den Kamm eines kleinen Hügels kam. „Ich dachte einen Augenblick lang, ich hätte zwei kleine Männer im Boden vor mir verschwinden sehen. Ja, ich war mir sicher, daß ich sie gesehen hatte, es fehlte jedoch jede Spur von ihnen. Geschichten über Feenhügel und Raths schossen mir durch den Kopf.

‚Was zum Teufel treiben Sie hier?‘ fragte ein Mann neben mir.

‚Ich versuche, den Weg nach Gougane Barra zu finden‘, antwortete ich." (Nachdem er erklärt hatte, wer er ist, und klar war, daß sich jemand für ihn verbürgte, wurde Gibbings an den geheimen Ort gebracht.)

„Von drei Seiten der Landschaft aus gesehen, gab es nicht den leisesten Hinweis auf eine Höhle, auf der vierten Seite aber, von wo aus wir nun eintraten, war sie erstaunlich offen. Eine riesige flache Steinplatte, die dicht mit Moos und Heidekrautbüscheln bewachsen war, bildete das Dach. Sie wurde vorn von zwei großen Felsbrocken getragen, während ihr Ende tief in den Fels eingebettet war. Jegliche Lücken an den Seiten waren mit Torfsoden und Heidekraut geschlossen worden. Es war ein so natürliches Versteck, wie man es sich besser nicht hätte erträumen können. Drinnen war unter einem dreifüßigen Kessel, der auf zwei niedrigen Steinmäuerchen ruhte, gerade ein Feuer angefacht worden. Ich stellte fest, daß der Holzdeckel des Kessels ringsum wie mit Kitt versiegelt war; Seife und Leinsamenmehl, sagte man mir später. Von einer Art Haube über dem Deckel führte ein konisches Kupferrohr zu einer eckigen Spirale. ‚Eckig sind sie besser, dadurch wird der Dampf von Seite zu Seite geschleudert.‘ Diese Spirale verschwand in einem Wasserfaß, ihre Spitze lugte aber in Bodennähe aus diesem heraus. Darunter stand – wie in Bereitschaft – ein eine Gallone fassender Steingutkrug. Das Wasserfaß wurde von zwei weiteren Fässern flankiert, die mit Säcken und flachen Steinen bedeckt waren. In einem befand sich wohl keimende Gerste."

Gibbings wurde dann der traditionellen Gastfreundschaft der Destillateure von West Cork unterworfen, die – wie ich bestätigen kann – oft überwältigend ist. Nahe der beschriebenen Stelle wurde ich einmal in stockfinsterer Nacht zu einem Loch in einem Feenrath geführt, wo man mir eine Geheimkammer zeigte, die – wie behauptet wurde – in der Vergangenheit von örtlichen Poitín-Herstellern genutzt worden war. Nach diesem etwas unbequemen Ausflug mußten wir die halbe Nacht aufbleiben, um den Unterschied zwischen Poitín ‚Mid Cork Nr. 1‘ und Poitín ‚Mid Cork Nr. 2‘ herauszufinden. Heutzutage, da die Schwarzbrennerei auch in vielen Städten stattfindet, wird eine ganze Reihe neuer Produktionsstätten genutzt. Wie bereits von Caesar Otway berichtet, wurde in Erris oft eine Kapelle umfunktioniert, was aber gegenwärtig wohl nicht mehr geschieht. Dafür dienen aber in den großen Städten Schul- und Krankenhauslabors, Schuppen im Garten hinterm Haus und Garagen als Produktionsstätten zur Schaffung eigenen ‚Stoffs'.

Die *Troubles* brachten eine zunehmende Polizei- und Armeepräsenz auf den Straßen mit sich. Daher ist der Poitín-Hersteller mehr darauf bedacht, sein Fertigprodukt nicht zu weit transportieren zu müssen. In Teilen von Süd-Derry oder Tyrone ist es beispielsweise überhaupt nicht gut, wenn man beim verstohlenen Hantieren mit einem Bierfaß oder einer Milchkanne gesehen wird. Deswegen haben – zumindest in Nordirland – viele städtische Poitín-Trinker, die von regelmäßigen Lieferungen vom Lande abgeschnitten sind, angefangen, sich ihre eigenen geheimen Destillen zu schaffen. Das ist weniger romantisch als ‚oben im Moor', aber bequemer.

Der eigenartigste Ort für eine Destille, den ich in Augenschein genommen habe, war ein ausgehöhlter riesiger Mammutbaum in Kalifornien, aber die Herren von der Steuer haben die Destille leider konfisziert und den Baum amtlich versiegelt. Welch ein schmählicher Umgang mit menschlicher Erfindungsgabe! Ein anderer Ort, an dem solche Erfindungsgabe zur Herstellung von Poitín vonnöten ist, sind unsere Gefängnisse. Und seit mehr als hundert Jahren ist denn auch das Handwerk tatsächlich hinter Gittern ausgeübt worden, unter Verwendung einer erstaunlichen Vielfalt improvisierter Gerätschaften. Der nächste Abschnitt basiert auf Interviews mit Ex-Internierten, die, während sie brummen mußten, ihr Destilliertalent nicht verkümmern ließen.

GEFÄNGNIS-POITIN

In den vierziger Jahren konnten die Gefangenen im Crumlin-Gefängnis keinen Poitín brennen, was sie aber keineswegs davon abhielt, ein abscheuliches Gebräu aus Pflaumensaft herzustellen. Ein Veteran, der dies überlebte, erinnert sich fast vierzig Jahre später immer noch an den ekelhaften Geschmack und die heiteren Situationen, wenn die Krüge, in denen der Saft

Kleine Jungen bewachen die Destille, um 1880. (Welch Collection, Ulster Museum)

gärte, unter den Betten der Gefangenen zu explodieren begannen. Diejenigen, die im Gefängnis zu Derry einsaßen, waren dank der Fertigkeiten von P.S. (der immer noch am Leben ist) glücklicher dran, konnten sie doch ein besseres Produkt kosten, das in einem improvisierten Brennkessel hergestellt wurde. Das Hauptproblem war es damals nicht, Kartoffeln zu bekommen oder den Feldküchenkessel zu benutzen, sondern die Kirche zu überlisten, war doch der Komplize des Hauptdestillateurs, P.M., tiefgläubiger Katholik, der darauf bestand, bei der Beichte das Destillieren zu erwähnen. Zu seinem Schrecken wurde ihm eröffnet, die Poitín-Herstellung sei ein Reservatfall und er habe folglich dem Bischof zu beichten, was ihm allerdings in seiner Situation unmöglich war.

In der Republik Irland wurde in den Gefängnissen ebenfalls Poitín hergestellt. Sean Lyons, der Strafgefangener im Mounjoy Gefängnis war, erinnert sich, wie er und ‚Cushie‘ Ryan mit Löwenzahnwein experimentierten. Sie zupften den Löwenzahn im Gefängnishof aus und ließen sich von einem ihnen wohlgesonnenen Wärter Hefe ins Gefängnis schmuggeln. Cushie, der gestohlene Nahrungsmitteldosen, gestohlene Streichhölzer und aus der Zellenbibel herausgerissene Seiten benutzte, kochte ein Gesöff zusammen, das zwar nicht besonders schmeckte, aber zu Weihnachten – neben dem hereingeschmuggelten Whiskey – sehr willkommen war. Wir schreiben das Jahr 1940, und Lyons mußte vier weitere Jahre warten, bevor er sich an Stärkerem ausprobieren konnte. 1943 wurde er mit anderen republikanischen Gefangenen in das Internierungslager Curragh verlegt. Dort lernte er Ned Gallagher kennen, einen Mann aus Mayo und gestandenen Destillateur. Mit Ashe Hughes, Tommy Griffen, Roger Ryan, Liam Cotter und Tom Kiely bildeten sie die ‚Poitín-Gang‘, entschlossen, Weihnachten '43 zu einem Ereignis zu machen, das man so schnell nicht vergessen würde. Und so geschah es. Für einen kranken Gefangenen wurde Hefe hereingeschmuggelt. Er behauptete, nur diese könne helfen, seine Magenbeschwerden zu kurieren. Von den Köchen wurde regelmäßig heimlich Porridgemehl beiseite geschafft. Von einer nichtbenutzten Hütte wurde ein Stück galvanisiertes Regenrohr abgerissen, das als Kühlschlange diente, und von einem Auto wurde ein Gummischlauch von einem halben Inch Durchmesser gestohlen. Sean Lyons, von Beruf Kunsttischler, schuf aus einem Brett, das dem Bettgestell eines Gefangenen entstammte, voller Geschick einen runden Deckel, und Ned Gallagher verkündete, er werde nie mehr zur Messe gehen. Dies deswegen, weil er in Ruhe den Feldküchenkessel benutzen konnte, wenn alle anderen Gefangenen und die Gefängniswärter die Messe besuchten.

Alles war mehr oder weniger vorbereitet. Helfer durchsuchten das Gefängnis nach leeren Flaschen, und viele ‚Kranke‘ erbaten vom Arzt eine Flasche Hustensaft. Laut Lyons war zu jener Zeit Brendan Behan der faulste Kerl im Knast. Er war zu faul, sich aus dem Bett zu begeben, um sich zu erleichtern, und hatte daher stets eine geheime Batterie leerer Flaschen unter seinem Bett, die er, nachdem sie voll waren, aus dem Fenster zu schleudern pflegte. Behans Flaschen wurden aber von einem arglosen ‚Strandgutjäger‘ entdeckt, dem gesagt worden war, er solle sich auf den Weg machen und leere Flaschen aufstöbern. Alle Flaschen wurden ausgespült und benutzt, aber wie Sean Lyons berichtet: „Diejenigen, die Bescheid wußten, gingen hundertprozentig sicher, welche Flaschen zuvor wem gehört hatten." Brendan Behan bekam zu Weihnachten selbstverständlich eine seiner alten Flaschen, die Curragh-Poitín enthielt. Die Feldküche wurde nunmehr zum Hauptanziehungspunkt. Ein alter unbenutzter Kessel wurde requiriert, ein Deckel dafür angefertigt und Hemden drumherum drapiert, so daß es so aussah, als sollten sie trocknen, während sie aber lediglich der Tarnung dienten. Hafermehl wurde in eine der Milchkannen aus der Küche geschüttet und zum Gären weggestellt. Das war schon ein bißchen gefährlich, da das gärende Mehl von Zeit zu Zeit laute Geräusche verursachte, aber der Wärter war glücklicherweise alt und fast taub. Schließlich aber kam der Tag X und Gallagher zog sich allein in die Küche zurück, während alle anderen zur Messe gingen. Der Kanneninhalt wurde in den Kessel gefüllt, der Deckelrand mit Maische versiegelt und der Deckel mit Steinen beschwert. Dann wurde der Kessel erhitzt. Lyons beschreibt den magischen Augenblick, als nach der Messe alle in die Küche schlichen.

„‚Wie klappt's, Ned?‘

‚Nicht besonders gut.‘

oben: Die Polizei hatte Geschäftsräume am Milford Place 9 nach Waffen durchsuchen wollen und war schockiert – sie stolperte über die erste illegale Destille, die je in den Falls entdeckt worden war; unten: Poitín-Wandbild, 1945. Alle Figuren sind eindeutig Einheimische. Der Mann im Innern des Hügels mit den verschränkten Armen ist tatsächlich der örtliche Inspektor der RIC. (The Falls Hotel, Ennistymon, Co. Clare)

Und dann, ‚blubb, blubb‘, war er da, fiel der erste Tropfen in den Eimer.“

Binnen einer Stunde war ein ganzer Eimer in die Flaschen gefüllt, und nach einer weiteren Stunde war die Destille auseinandergebaut und versteckt. „Ich werde mich immer an diesen Weihnachtstag, an das Singen, Schreien und Feiern erinnern“, sagt Sean.

In den vierziger Jahren wurde Poitín im Gefängnis nur für ganz besondere Anlässe gebrannt. Das war auch in den siebziger Jahren noch so. In Long Kesh jedoch kennen sie eine ganze Reihe ‚besonderer Tage‘, und die meisten Cages verfügen über eigene Destillen. ‚Onkel Doc‘, der mehrere Jahre als Internierter in Long Kesh zubringen mußte, erzählte mir, wie er aus dem vorhandenen Material seine Brennereien zauberte.

„Es war wirklich sehr einfach. Das Cage-System bedeutete, daß wir nachts in einer Hütte eingeschlossen waren und die Wärter erst am Morgen wieder auftauchen würden. Ich entfernte im Waschraum ein Kupferrohr von einem halben Inch Durchmesser, füllte es mit trockenem Salz, verstopfte dessen Enden, erhitzte und bog es. (Das Salz verhindert, daß das Rohr bricht.) So entstand eine einigermaßen vernünftige Spirale. Zur Herstellung der vergorenen Würze nahm ich Kartoffeln oder braunen Zucker oder Früchte und benutzte leere Essensbehälter mit einem guten Deckel. Es war kein Problem, die Hefe hereinzuschmuggeln. Dann kam die Würze in den Burco-Kessel. In jeder Hütte gab es einen. Ich benutzte Muttern und braune Papierdichtungsringe, um die Verbindungen abzudichten und den Schlauch zum Wasserhahn zu führen. Gewichte auf den Deckel, regelmäßige Wasserzufuhr zur Regulierung der Temperatur, eine Paste aus Brot und Wasser, um lecke Stellen zu schließen, und los ging's. Das erste Kondensat wurde in einem Fruchtsaftbehälter aufgefangen. Normalerweise tranken wir die *Singlings*, statt noch einen Brenndurchlauf zu vollziehen. Das hatte zur Folge, daß wir nicht nur betrunken waren, sondern auch einen furchtbaren Kater hatten, weil in dem Destillat noch Fuselöle enthalten waren, aber, was soll's, wir brauchten etwas zur Aufmunterung. Wenn ich fortlaufend arbeitete, brannte ich dreimal am Tag zweieinhalb bis drei Gallonen. Da nun ja längst nicht alle Männer der Hütte Trinker waren, war das mehr als genug für eine gute Party, um eine Flucht, Geburtstage, Jahrestage oder Weihnachten zu feiern. In den meisten Cages gab es eine Destille. Die Wärter wußten natürlich, was vor sich ging, ich verrate hier keine großen Geheimnisse, aber es interessierte sie nicht. Warum sollte es auch?"

Aus Gesprächen mit Ex-Gefangenen erfährt man, daß heutzutage fast jeder Knast im Land seine Schwarzbrenner hat und daß es in den Frauengefängnissen Armagh und Limerick auch Schwarzbrennerinnen gibt. Je mehr man mit ihnen spricht, desto überzeugter wird man, daß einige Leute, selbst wenn sie an die Wand gekettet und in einem Verlies in Isolationshaft gehalten würden, einen Weg fänden, ,den Stoff' zu produzieren. Wie sagt doch R.W. Grimshaw: „Die einzigen Beschränkungen werden dem Alkohol durch die Imagination auferlegt."

SELBST DIE DÄNEN SIND DABEI

Das folgende einfache Rezept stammt aus Dänemark. Das Endprodukt gleicht erstaunlicherweise Poitín.

„Man fülle einen 25 Liter fassenden Plastikcontainer mit Wasser und gebe sechs Kilogramm Zucker und ungefähr 350 g Brauhefe zusammen mit etwas Margarine hinzu. (Die Margarine dient der Minimierung der Hefeblasen.) Gut verschließen und drei bis vier Wochen fermentieren lassen, bis die Hefe nicht mehr treibt. Ist kein Ton mehr zu hören, kann mit dem Destillieren begonnen werden. Der Prozeß kann – wenn gewünscht – durch die Beimischung einer geringen Menge Ammoniumkarbonat beschleunigt werden.

Die Mixtur wird dann vorsichtig in einen sehr großen Destillierkolben oder einen Stahlbehälter umgefüllt. Zur sauberen Trennung ist eine Fraktionierungssäule notwendig, und die baut man am besten selbst. Man besorge sich eine Röhre aus rostfreiem Stahl von ca. 5 cm Durchmesser und 120 cm Länge und plaziere in diese kleine Glasröhrchen von ½ cm Durchmesser und 1–2 cm Länge. Können Sie keine Glasröhrchen bekommen, tun es auch Keramikröhrchen. Die Säule dann in den Destillierkolben korken. Auf die Säule einen wassergekühlten Kondensator und ein Thermometer setzen. Dann den Destillierkolben langsam erhitzen und ständig die Temperatur kontrollieren. Bei 76° Celsius wird bereits ein Teil der Flüssigkeit kondensieren, die weggeschüttet werden muß. Nur die Flüssigkeit sammeln, die zwischen 76° und 80° Celsius kondensiert. (Bei 78° Celsius liegt der Siedepunkt von Alkohol.) Halbehalbe mit Wasser mischen, und pro 2 Liter 5 Gramm Kaliumpermanganat beigeben. So bekommen Sie eine nicht trinkbare violette Lösung. Filtern Sie diese, am besten durch aktivierte Holzkohle. Dann zwei Tage stehen lassen.

Dann die Apparatur erneut installieren und wie zuvor ein zweites Mal destillieren. Erreicht die Temperatur 78° Celsius, sollte es keinen heftigen Geruch mehr, stattdessen aber reinen Alkohol geben. Es ist wichtig, nicht zu schnell zu destillieren. Ungefähr zwei Tropfen pro Sekunde ist schnell genug. Steigt die Temperatur wieder über 80°, stoppen Sie den Prozeß. Sie verfügen dann über 96%igen reinen Alkohol, den Sie mit destilliertem Wasser auf 40% verdünnen müssen. In Skandinavien (und Irland) gibt es eine Auswahl an Essenzen zu kaufen, um den Geschmack zu erzielen, den Sie möchten.

Zusätzliche Hinweise: Da Zucker und Hefe eine Weile brauchen, um sich richtig zu vermischen, ist es am besten, ein halbes Kilo Zucker in die Hefe zu mengen und den Rest des Zuckers in Wasser aufzulösen. Dann die Zucker/Hefe-Mischung hinzugeben, auf 25 Liter auffüllen und einen Teelöffel Margarine hinzufügen. Große Korken oder Gummipfropfen für die Verbindung zwischen Kolben und der Säule, dieser und dem Kondensator verwenden. Die Glasröhre zwischen letzteren sollte mindestens 1 ½ cm Durchmesser haben. Die Alkoholkonzentration der Wasser/Alkohol-Mischungen läßt sich durch hydrometrische Messung des spezifischen Gewichtes feststellen.

Ein noch reineres Produkt bekommt man durch einen dritten Destillierdurchlauf, der aber nicht unbedingt notwendig ist."

Michael John O'Reilly aus Tipperary, der an der Universität von Tripoli in Libyen unterrichtete, wurde im März 1977 von einem libyschen Gericht wegen des Destillierens von Alkohol, was laut auf dem Koran basierendem Recht natürlich verboten ist, zu zwei Jahren Haft verurteilt. Er legte gegen das Urteil mit der Begründung Berufung ein, es sei auf St. Patricks Day zugegangen und er habe lediglich irische Bräuche gepflegt, als er einen heiligen Trunk für Libyens beträchtliche Ausländergemeinde herstellte. Das Gericht würdigte dieses leidenschaftliche Plädoyer eingehend, reduzierte seine Strafe auf ein Jahr Bewährung und setzte ihn auf freien Fuß. Seinen Poitín hat er jedoch nicht zurückbekommen!

In arabischen Ländern blüht die Schwarzbrennerei nach wie vor, und es sind nicht nur Iren, die das Handwerk pflegen. Als der Autor 1966 in Saudi Arabien arbeitete, wurde eine Art zweitklassiger Poitín unter dem Namen *Sediki*, was aus dem Arabischen übersetzt so viel heißt wie ‚mein Freund‘, von einigen Amerikanern kommerziell produziert. Die Flasche kostete ein Pfund, und das Zeug war ziemlich ekelhaft. Im heutigen Libyen heißt der Stoff – vermutlich wegen seiner reinigenden Wirkung – *Flash* und wird für zehn Pfund pro Liter verkauft; der etwas bessere Stoff kann halb mit Wasser verdünnt werden. Das Geschäft blüht. Hausbrennereien gehen gegen große Summen in andere Hände über, wenn ein Eigentümer das Land verläßt und einem gesünderen Klima zustrebt. Im Mai 1977 wurde ein Engländer, der O'Reilly nachzueifern versuchte, von der libyschen Polizei hochgenommen, die sechs Brennereien und libysche Dinar im Wert von umgerechnet 52.000 Pfund Sterling beschlagnahmte. Aber schließlich konnten die Engländer ja noch nie erfolgreich Whiskey produzieren! Mein Dank gilt Herrn Edmund Mahoney, der in einem auf schurkische Abenteuerreisen spezialisierten Reisebüro arbeitet und mir diese Geschichte erzählte.

USQUEBAGH-REZEPT AUS DEM 7. JAHRHUNDERT

„Muskatblüte, Gewürznelken, Zimt, Ingwer, Koriander, Kube-
ben, Rosinen, Süßholz, Zucker und Safran. Gut zerkleinern und
in einem Leinensäckchen an das Ende der Destillierspirale hängen, wodurch die ganze Tinktur extrahiert wird und sich mit
dem Destillat vermischt."
(Dies kann eigentlich kein echtes irisches Rezept sein, da die
meisten Zutaten in Irland nie gesehen wurden. Es läßt sich aber
auf das 7. Jahrhundert datieren. Es scheint östlichen Ursprungs
zu sein, waren doch die ersten Destillateure mit ziemlicher
Wahrscheinlichkeit Araber oder Ägypter. Das Wort ‚Alkohol'
leitet sich von dem arabischen ‚al-kuhl' ab. Während es Arabern
laut Koran verboten war, Alkohol zu trinken, kannten ihre
christlichen Feinde solche Skrupel nicht.)

Aus: »The Red Book of Ossory«

KAPITEL 4

Poitín geht nach Amerika

Poitín wurde hauptsächlich von schottisch-irischen Auswanderern aus Ulster nach Amerika gebracht. Die erste große Emigrationswelle aus Ulster in die ‚neuen Kolonien' erfolgte zwischen 1717 und 1720. Sechs Jahre Trockenheit hatten den Flachsbau ruiniert und einen Niedergang der Leinenindustrie bewirkt, Fäule der Schafe breitete sich 1716, eine Pockenepidemie 1718 aus. Obendrein wucherten die Grundeigentümer gieriger als gewöhnlich. Es schien also eine gute Zeit für eine Ortsveränderung zu sein. Amerika bot die Möglichkeit, ‚auf eigenen Füßen' stehen und sich der Dominanz von Monarchie und Kirche Englands entziehen zu können. Die meisten gingen als vertragsgebundene Arbeitskräfte nach Amerika, konnten doch nur wenige die Überfahrt selbst finanzieren. 1776 hatten sich bereits schätzungsweise 350.000 Frauen und Männer aus Ulster an der Ostküste Nordamerikas niedergelassen. Sie hatten ihre Religion, im allgemeinen die presbyterianische, ihre Sparsamkeit, ihre Industrie und ihr Talent, ‚John Barleycorn' herzustellen, mitgebracht.

In den frühen Zeiten war die Wasserqualität in den Kolonien – so heißt es – fragwürdig. Zumindest wird dies als Grund für die rasche Verbreitung alkoholischer Getränke genannt, die aus Äpfeln, Birnen, Kürbissen, Pastinaken, Walnüssen, Pflaumen, Heidelbeeren, Rüben, Karotten und Persimonen, faktisch aus jeder verfügbaren Frucht, aus jedem angebauten Gemüse hergestellt wurden. Die Destille, eine fensterlose Blockhütte, war oft Zentrum des dörflichen Lebens, und der Neukolonist aus Ulster war wegen seiner Erfahrung in der Poitín-Herstellung sehr gefragt.

Der Name *moonshine*, mit dem bald alle aus Getreide schwarzgebrannten geistigen Getränke bezeichnet wurden, ist von *moonlighter* abgeleitet. So wurden ursprünglich in England die Branntweinschmuggler genannt, die nachts ihre Schmuggelware aus Holland und Belgien für den durstigen Engländer anlandeten. In einigen Teilen der Vereinigten Staaten, vornehmlich in North Carolina, Southwest Virginia und Georgia, wurden Schwarzbrenner häufig *blockaders* genannt, wir werden aber den gängigen Namen *moonshiner* beibehalten.. (Bootlegging bezieht sich hauptsächlich auf den Verkauf, nicht auf die Herstellung illegalen Whiskeys, obwohl die beiden Funktionen gelegentlich von ein und derselben Person ausgeübt wurden.)

Wie in Irland war das Brennen zunächst vollkommen legal. Whiskey wurde in Amerika erst 1791 besteuert, und das ganze 18. Jahrhundert hindurch tranken die Pioniere große Mengen jedes nur vorstellbaren alkoholischen Getränkes, nicht nur um sich zu berauschen, sondern auch weil Alkohol eine heilende Wirkung zugesprochen wurde, für jung und alt gleichermaßen. Zu jener Zeit war das beliebteste Getränk *bumbo*, eine Mischung aus Rum, Zucker, Wasser und Muskatnuß, worauf auch viele Berühmtheiten schworen. George Washington beispielsweise wurde – wie er eingestand – nach zweimaligem Scheitern schließlich doch gewählt, weil er für die 391 Wahlmänner 169 Gallonen Rum, Wein, Bier und Apfelwein kaufte. Seine Wahlausgaben beliefen sich auf insgesamt 39 Pfund 7 Schillinge, wovon 34 Pfund für Getränke waren.

Die Ulster-Iren strömten herein. Indianer, wie die Shawnees, die es wagten, ihnen in die Quere zu kommen, wurden gnadenlos bekämpft. Vierzig Jahre lang strömten die Iren in das Great Valley zwischen den Appalachen und der Blauen Kette. Sie waren gewinnsüchtig und kriegerisch, und als die Revolution ausbrach, bildeten sie das Rückgrat des Widerstandes gegen die englische Herrschaft. Sie waren zudem schlau. Es war ökonomisch höchst sinnvoll, das Getreide zu Whiskey zu verarbeiten. H.F. Wilkie erläutert die Wirtschaftlichkeit wie folgt: „Der Ertrag aus der Roggendestillation war eine Gallone Whiskey aus 11/2 Scheffel Getreide. Ein Lastpferd konnte zwei 8-Gallonen-Fässer oder das Äquivalent von 24 Scheffel Getreide tragen. In fester Form erbrachten Weizen oder Gerste lediglich 25 Cents pro Scheffel. Ein Pferd konnte so also nur den Wert von zwei Dollar tragen, bei Whiskey hingegen und dem Preis von mindestens einem Dollar pro Gallone stieg der Wert der Last auf 16 Dollar und mehr.“ Es war also nicht bloß eine ererbte Vorliebe für ‚harten Stoff‘. Whiskey war der beste Ertrag, den der kleine

Mann aus Weizen erzielen konnte. Eine gute Brennerei war eine äußerst notwendige Nebenerwerbsquelle jeder Farm. Und so schlugen sich die Pioniere durch ihr hartes und gefährliches Leben, kämpften gegen die Indianer, gegen die Umwelt und gegen Möchtegern-Grundeigentümer, die Anspruch auf das unberührte Territorium erhoben. Sie kämpften mit Washington und Morgan und Nelson und ‚Nolichucky Jack‘ Sevier und schlugen die Briten unter Cornwallis und Ferguson zurück. Und während sie für die amerikanische Unabhängigkeit stritten, gehörte zu ihrer Tagesration eine halbe Pinte Whiskey. Sie hofften, nach der Unabhängigkeit ihren gerechten Anteil zu bekommen und in Ruhe gelassen zu werden. Doch es sollte nicht sein.

Am 3. März 1791 stimmte der Kongreß, gierig wie alle Regierungen sind, für den Plan von Alexander Hamilton. Um die sich auf 21 Millionen Dollar belaufenden Kriegsschulden zu begleichen, sollte Whiskey fortan besteuert werden. Daniel Webster lobte Hamiltons Plan mit den folgenden Worten: „Er löste das Problem der nationalen Ressourcen mit einem Schlag, und die Steuern flossen reichlich." Der normale Siedler war anderer Meinung. Für ihn handelte es sich um perfiden Verrat, einen brutalen Angriff auf seine Existenzgrundlage und Unabhängigkeit. Den Monongaheala River entlang verbreitete sich die Parole: „Zahl keine Steuern auf Whiskey!" Bürgerwehren, die oft von dem legendären ‚Tom the Tinker‘ angeführt wurden, griffen die Steuereintreiber an, die so tapfer oder tollkühn waren, Steuern erheben zu wollen. Denjenigen, die die geforderte Steuer entrichteten, wurden meist von den Nachbarn, die über eine solche Charakterlosigkeit aufgebracht waren, die Brenngerätschaften zertrümmert. Drei Jahre lang gärte die Revolte, und wenig bzw. keine Whiskeysteuer konnte in den Siedlungsgebieten um den Monongaheala River eingetrieben werden. Dann versuchte die Regierung sich doch noch durchzusetzen. Im Juli 1794 stellte das US-Distriktsgericht von Philadelphia Vollstreckungsbefehle gegen 75 bekannte Brenner aus, die sich weigerten, Steuern zu bezahlen. Die Zahlungsverweigerung führte zur Whiskey-Rebellion.

Dabei ging es natürlich nicht bloß um die Whiskeysteuer. Viele Leute hatten ein starkes Interesse, föderale Rechte gegen die Zentralverwaltung durchzusetzen. Und es gingen Gerüchte um. Es wurde behauptet und in weiten Kreisen geglaubt, der Kongreß beabsichtige, nun auch Steuern auf Pflüge in Höhe von jeweils einem Dollar zu erheben. Es hieß, Wagen, die nach Philadelphia hineinfahren, würden mit einer Abgabe von einem Dollar belegt, und Pittsburgh würde eine Geburtssteuer von 15 Schilling für jeden neugeborenen Jungen und 10 Schilling für jedes neugeborene Mädchen erheben wollen. Solche Geschichten waren natürlich nicht wahr, aber dem mißtrauischen, auf seine Unabhängigkeit bedachten und widerspenstigen Siedler dienten sie als ein weiterer Beweis für die Perfidie der Zentralverwaltung. Washington versuchte die Situation zu beruhigen, indem er Bevollmächtigte nach Pittsburgh entsandte, die alle diejenigen begnadigen sollten, die sich in der Vergangenheit eines Vergehens schuldig gemacht hatten, nun aber einen Treueeid ablegen und versprechen würden, zukünftig die verhaßte Steuer zu zahlen. Das aber erzürnte die Möchtegern-Rebellen noch mehr. „Verdammte Unverschämtheit!" war die einhellige Meinung, und wer konnte dem guten Gewissens widersprechen. Und so brach die ‚Rebellion' aus.

DIE WHISKEY-REBELLION

Faktisch war die Rebellion von 1794 für die Brenner eine schmähliche Angelegenheit. Nach einer Reihe von Märschen nach Pittsburgh, bei denen die Rebellen von der örtlichen Bevölkerung fürstlich empfangen wurden, da sie fürchtete, ihre Stadt würde niedergebrannt, beschloß Philadelphia ein hartes Durchgreifen. Washington entsandte Truppen. Nahezu 13.000 Mann wurden in Virginia, Maryland und Pennsylvania zu den Waffen gerufen und in zwei Gruppen an den Monongahela River abkommandiert. Die Whiskey-Rebellen, einst 2.000 an der Zahl, hatten sich längst zerstreut. Den Truppen gelang es, ein paar Rebellen festzunehmen, sie verhängten im Schnellverfahren ein paar schändliche Strafen und kehrten am Christfest mit siebzehn ‚Aufrührern' nach Philadelphia zurück. Die Aktion war ein Schuß in den Ofen, hatte aber doch gezeigt, daß die neue föderalistische Regierung gewillt war, ihre Autorität durchzusetzen. Diese verpulverte zur Niederschlagung der

Revolte eineinhalb Millionen Dollar und setzte mehr Grena-
diere, Dragoner und Fußsoldaten ein, als im Unabhängigkeits-
krieg gekämpft hatten. Für diesen Feldzug wurde mehr Geld
aufgewandt, als die Whiskeysteuer eines ganzen Jahres einbrin-
gen würde. Darüber hinaus wurden fünfzehn der siebzehn Sün-
denböcke freigesprochen und den zwei ‚Schuldigen‘ die Strafe
erlassen. Hamilton war jedoch der Auffassung, der ganze Auf-
wand habe sich gelohnt. Diesen Weststaatlern war gezeigt worden, wer regierte.

Die verärgerten Destillateure zogen gen Südwesten, drängten
die Indianer zurück, besiedelten Kentucky und Tennessee und
verstärkten North und South Carolina. In diesen Staaten war der
große gemeinsame Nenner Getreide. Er konnte gegessen oder
getrunken werden, man konnte darauf schlafen, und er war die
Hauptverdienstquelle der meisten Farmer. Und jedes Mal, wenn
ein neues Siedlungsgebiet erschlossen wurde, war einer der
ersten Bauten, die errichtet wurden, die Brennerei. Auch die
Rache war nah, denn 1800 verloren Hamiltons Föderalisten die
Wahl. Der Demokrat Jefferson machte das Rennen, und eine seiner ersten Maßnahmen war die Abschaffung „dieser verdamm-
ten Whiskeysteuer“.

Der Westen frohlockte. Keine Steuer und keine Steuer-
eintreiber mehr. Das goldene Zeitalter der steuerfreien Destillation währte bis 1862 – mit kurzer Unterbrechung durch den
Krieg von 1812. 1819 belief sich die Jahresproduktion in
Tennessee auf schätzungsweise 800.000 Gallonen Whiskey. In
New Orleans, einem der Hauptumschlagplätze, wurden zwei
Millionen Gallonen flußaufwärts gebrannten Whiskeys pro Jahr
umgeladen. Bourbon war erfunden worden und erfreute sich
wachsender Beliebtheit. Der Trunk war billig – 25 Cents die
Gallone – und es gab weder Steuereintreiber noch Temperenz-
vereine, die dem Trinker das Leben schwer machten.

Das konnte natürlich nicht ewig so weiter gehen. Sechzig
Jahre waren eine lange Zeit, aber früher oder später mußte die
Regierung wieder Maßnahmen ergreifen. 1862 erhob der Kongreß, der Geld brauchte, um den Bürgerkrieg fortzusetzen,
erneut eine Steuer auf John Barleycorn. Sie wurde 1863 auf 20
Cents pro Gallone festgesetzt. Binnen zwei Jahren war sie auf
zwei Dollar gestiegen. (Heute – wir schreiben das Jahr 1977 –

75

beträgt sie 10 Dollar 50 Cents.) Unmittelbar nach Ende des Bürgerkrieges machten sich die Abenteurer in den Süden auf. Ihnen folgten die Steuereintreiber auf dem Fuße. Sie hatten mehr als genügend zu tun. Einige 50 Destillateure taten tatsächlich so, als wollten sie sich an die Gesetze halten. Sie meldeten ihr Gewerbe an und wurden Eigentümer von ‚Regierungsbrennereien'. Aber Korruption, Betrug und das altbewährte Mittel der Bestechung führten dazu, daß die Menge, die sie bei Tag angeblich produzierten, nachts häufig beträchtlich vermehrt wurde.

Die meisten Männer der Appalachen verachteten solches Vorgehen. Der Kommissier für Staatseinkünfte berichtete 1877: „Ich kann mit Bestimmtheit sagen, daß im vergangenen Jahr nicht weniger als 3.000 Schwarzbrennereien im Gebiet der Appalachen betrieben wurden. Diese Brennereien produzieren 10 bis 50 Gallonen pro Tag. Sie befinden sich gewöhnlich an unzugänglichen Orten in den Bergen ... und gehören im allgemeinen ungebildeten Männern schlechten Charakters ... bewaffnet und gewillt, sich den Gesetzeshütern zu widersetzen. Wo es Not tut, kommen sie in Kompanien von 10 bis 50 Mann zusammen und vertreiben mit schußbereiten Gewehren die Steuereinnehmer aus dem Landstrich."

Die Standardentlohnung für Informanten betrug 10 Dollar, aber es gab nur wenige Nutznießer. Neben dem eingefleischten Haß auf Spitzel und Verräter hegten viele Bergbewohner den gesunden Wunsch, am Leben bleiben zu wollen. Sie wußten nur zu gut, daß Verräter die Angewohnheit hatten, auf mysteriöse Weise zu verschwinden. Im Pickens County, Georgia, gründeten 1889 siebenundzwanzig *Moonshiners* ihren eigenen Klu Klux Klan namens ‚The Honest Man's Friend and Protector', was übersetzt soviel heißt wie ‚der Freund und Beschützer des redlichen Mannes'. Sieben von ihnen wurden später wegen Brandstiftung, wegen Niederbrennens der Häuser von vermeintlichen Verrätern, verurteilt.

Die Steuereintreiber mußten also selbst tätig werden. Als Hausierer oder Trapper verkleidet, fielen sie über ein Gebiet her und versuchten, *Moonshiners* und ihre Brennereien auszuschnüffeln. Ein Trick bestand darin, einen Bach zu finden, aus dem das Pferd, das man mitführte, nicht trinken wollte. Das wurde als sicheres Zeichen gewertet, daß Brennereiabwasser in den Bach gekippt worden war. Der Steuereintreiber konnte sich auch als Jäger oder Fischer ausgeben, aber die Ortsansässigen ließen sich nur selten narren. J.B. Crutcher zitiert aus den Memoiren von Joe Spurrier, einem Steuerbeamten, der in den achtziger Jahren des vorigen Jahrhunderts in die Berge von East Tennessee entsandt worden war.

„Die *Moonshiners* fanden heraus, daß ich mich in den Bergen befand, bevor mir die Tatsache voll bewußt war. Und ihre Art, die Information weiterzugeben, hätte einem Ferngespräch alle Ehre gemacht. Der erste Mann, der von mir hörte, blies ein Horn. Ich glaube, er tutete eine bestimmte Anzahl von Tönen, um meinen Namen weiterzumelden. Das Horn war drei Meilen weit zu hören, und jeder, der die Töne vernahm, gab den Alarm solange weiter, bis das Echo Widerhall fand. Eine Stunde nach dem ersten Tuten wußten Leute in 100 Meilen Entfernung, daß Spurrier eine Razzia veranstaltete. Ich hatte nicht die geringste Chance, in einer Brennerei eine Beschlagnahmung durchzuführen." (Das gleiche Warnsystem wurde manchmal in Irland angewandt.)

Die Steuereintreiber hatten natürlich auch manchen Erfolg. Sie behaupteten, zwischen 1877 und 1881 5.000 Brennereien aufgespürt und 8.000 Festnahmen vorgenommen. zu haben, wobei sie 29 Kollegen verloren und 63 schwer verletzt wurden. Berühmte Steuereinnehmer wie Captain James Davis wurden zum Fluch im Leben der *Moonshiner*. Der Captain war häufig in Schießereien und Belagerungen verwickelt und beanspruchte es als sein Verdienst, so berüchtigte *Moonshiner* wie Campbell Morgan, den ‚Monarchen der Moonshiner von Tennessee‘, und den alten Bill Berong zur Strecke gebracht zu haben, die nach ihrer Festnahme – zu ihrer Schande – beide selbst Steuereintreiber wurden, um ihre Haut zu retten. Davis wurde schließlich in einem Hinterhalt von einem unbekannten *Moonshiner* in den Bergen von Tennessee erschossen. Der Krieg gegen die *Moonshiner* ging unvermindert weiter, und die Bergmenschen schlugen zurück. Es wird oft behauptet, die Verhängung der Prohibition im Jahr 1920 sei eine Belebungsspritze für den Handel mit schwarzgebranntem Alkohol gewesen. Das trifft sicher auf einige Gebiete zu. In den *Moonshine*-Gegenden

„Die Familie, die zusammen brennt, hält zusammen." (Kentucky moonshiners, um 1930)

Die 520-Gallonen-Kesseldestille „Silberwolke", entdeckt in Cook County, Tennessee. Beachten Sie die zwei Rohre, die durch den galvanisierten Kessel laufen. Diese Destille wurde mit verflüssigtem Petroleumgas gefeuert. Das Foto legt nahe, warum diese „silver clouds", die in East Tennessee sehr verbreitet sind, angeblich aussehen wie silberne Wolken in einer Hügellandschaft, besonders nachts im hellen Mondlicht.

waren alkoholische Getränke schon seit Jahren verboten. Georgia sprach sich 1907 gegen Whiskey aus, und Alabama, Mississippi, North Carolina und Tennessee schlossen sich bald an. 1917 waren Virginia und West Virginia ebenfalls ‚trocken‘. Insgesamt waren bei Kriegseintritt der Vereinigten Staaten 26 Staaten offiziell trocken. Das war natürlich völlig scheinheilig. In diesen Staaten konnte man zwar legal weder Alkohol kaufen noch in einem Saloon verkaufen, war man aber im Besitz einer Lizenz, durfte man ihn herstellen, weil die Steuereinnahmen, die aus diesem ‚Übel‘ hervorgingen, sowohl für den Einzelstaat wie für die Bundesbehörden sehr nützlich waren. Und so fuhren die Südstaaten bis in die sechziger Jahre fort, „trocken zu wählen und naß zu trinken". (Die Hand auf dem Herz, versicherte Will Rodgers einem Journalisten, sein Staat bliebe trocken, „solange die Bürger an die Urnen wanken könnten, um zu wählen".)

Durch die Prohibition wurde der Schmuggel zum großen Geschäft, und die organisierte Kriminalität, betrügerische Politiker und geldgierige Polizisten profitierten davon. General Lincoln Andrews von der Prohibitionsüberwachung schätzte 1925, daß eine halbe Million Amerikaner in Schwarzbrennerei und/oder Alkoholschmuggel verwickelt waren. Allein in jenem Jahr machten seine Agenten 172.537 Brennereien den Garaus, aber selbst der General mußte zugeben, daß es sich hierbei lediglich um die Spitze eines Eisberges handelte. Für jede aufgespürte Brennerei arbeiteten neun andere weiter. Ein großer Teil des schwarzgebrannten Stoffs war ekelhaft und in vielen Fällen hochgefährlich. Die Skrupellosen gierten nach dem schnellen Geld und scherten sich nicht darum, wem sie mit ihrem giftigen *Smoke, Jake, Nigger Gin, Yack Yack Bourbon, Stingo, Soda Pop Moon* oder *Straightville Stuff* schwere Gesundheitsschäden zufügten oder wem sie gar ins Jenseits verhalfen. Henry Lee schätzt in seiner Studie »How dry we were«, daß durch die vorsätzliche, von der Regierung geduldete Vergiftung von Grundstoffen, wie etwa Jamaica-Ginger und industriellem Alkohol, die von den *Moonshinern* verwendet wurden, Tausende erblindeten, gelähmt wurden oder starben. Zu den schädlichen Zusätzen gehörten Benzin, Nikotin, Quecksilber und Aldehyd. *Jake*, ein mit Holzgeist versetztes giftiges Gebräu aus dem Flüssigextrakt von Jamaica-Ingwer mit 90% Alkoholgehalt, führte bei mindestens 15.000 Menschen zur Lähmung. Tausende starben durch das Experimentieren mit idiotischen Rezepturen.

Im Süden nahm die Geldgier ebenfalls überhand. Alte *Moonshiner* waren entsetzt über die raschen Veränderungen, denen das Gewerbe unterlag. „Der gute Ruf ist dahin, *moonshining*, einst Beruf eines Gentlemans, ist jetzt ein blühender Geschäftszweig", sagte einer traurig. Die enormen Profite, die erzielt werden konnten, waren eine Versuchung für alle, die nicht äußerst genügsam waren.

Die Erfindung des *Thumper*-Fasses trug dazu bei, alte Traditionen zu zerstören. Dieses ‚Riesenfaß‘ machte den zeitraubenden zweiten Brenndurchlauf überflüssig. Es hatte ein Volumen von ungefähr fünfzig Gallonen, wurde zwischen Kessel und Kondensator aufgestellt und mit vergorener Würze gefüllt. Heißer Dampf, der in Blasen aufstieg, sorgte für eine zweite Destillation. Eine Weiterentwicklung war der *steamer* oder *stack steamer*, ein aus zwei oder drei Behältern zusammengeschweißter Riesenmetallbehälter. Das hieß, es konnten pro Tag bis zu dreihundert Gallonen *moonshine* in der einen Riesenblase hergestellt werden. Schlimmer war noch, daß der traditionelle Rohstoff Getreidemehl ersetzt wurde. Nach und nach wurde stattdessen Maiszucker verwendet, der bei Farmern im Mittelwesten billig erworben werden konnte. Dabney nennt die folgenden schwankenden Gewinnmargen: Für 5 Dollar konnte man 100 Pfund Zucker kaufen, womit zehn Gallonen hochprozentigem *moonshine* gebrannt werden konnten, die sich für 20 bis 40 Dollar die Gallone verkaufen ließen. Wenn der Schnaps mit Wasser verdünnt wurde, konnten die fünf Dollar schnell zu 500 Dollar werden. Auf dem Höhepunkt der Depression schreckte die traditionelle Strafe von einem Jahr und einem Tag im Gefängnis nicht allzuviele Leute ab. In Atlanta saßen mehr als die Hälfte der 2.200 Gefangenen wegen *moonshine*-Vergehen ein. In den dreißiger Jahren wurden im Franklin County, einem kleinen Gebiet von Virginia am Fuß der Appalachen, in vier Jahren schätzungsweise dreieinhalb Millionen Gallonen *moonshine* hergestellt.

Die Prohibition endete 1933, aber die Schwarzbrennerei ging weiter. In vielen Südstaaten respektierte man – meist in den

Zerstörung einer Dampfdestille in North Georgia in den 1940ern. Der Polizist vorne zerschneidet die Faßringe und zerschlägt die Maische-Kübel, aus denen die weiße, schäumende, gärende Maische herausfließt. Der hohe Kessel ist von einer Steinmauer umgeben, um die Hitze zu halten. (Joseph E. Dabney)

Der Krieg gegen die Moonshiners in Muskogee County, Oklahoma, in den 1920ern brachte diese Beute ein – Destillierapparate aller Art. Die Aktion gegen die illegalen Whiskey-Brenner wurde von Sheriff J. F. Ledbetter (4. von links) geleitet, der den Spitznamen „Still-Buster" [Destillen-Zerstörer] erhielt. (Joseph E. Dabney)

Hochburgen der *moonshiner* – die ‚lokale Entscheidung', das heißt, sie waren, zumindest offiziell, trocken. Das alte *moonshining* wurde nicht mehr mit Hand und Herz betrieben. Kommerzielle Interessen standen im Vordergrund, und die Qualität sank. Das Schwarzbrennen wurde natürlich fortgesetzt. 1972 zerstörte das US-Schatzamt 2.090 Schwarzbrennereien und goß ungefähr eineinviertel Millionen Gallonen Maische und 67.000 Gallonen Whiskey in die Kanalisation. Selbst das Schatzamt gab zu, daß es sich dabei nur um die Spitze eines Eisberges handelte. Laut Schätzungen aus dem Amt produzierten *moonshiner* in den USA von ihrem Stoff 9 Millionen Gallonen im Jahr und betrogen damit, so klagen die Finanzbeamten, den Fiskus um 97 Millionen und die Einzelstaaten um 35 Millionen Dollar. Gemessen an irischen Verhältnissen nimmt sich das wie ein Riesenunternehmen aus, gemessen aber an den dreißiger Jahren ist es Dünnbier. Die alten *moonshiner* beklagen das Ende einer Ära und verachten die heutige Unternehmermentalität, schnell reich werden zu wollen. Wir möchten dieses kurze Kapitel mit einem Bericht darüber beenden, wie es in den alten Tagen war, als *moonshine* in den Appalachen gebrannt wurde. Der Bericht stammt von Arthur Young, der 1903 geboren wurde und in den Smoky Mountains von North Carolina lebte und destillierte. Der folgende Text ist ein Auszug aus einem Interview, das Young 1972 Joseph Dabney gegeben hat.

IN DEN SMOKY MOUNTAINS

„Zunächst einmal legte ich großen Wert darauf, daß meine Gerätschaften von einem hervorragenden Brennblasen-Hersteller gefertigt wurden. Dann suchte ich mir in den Bergen eine schöne, einsame Stelle neben einem klaren, sauberen Flüßchen, hievte ein paar Felsbrocken aus dem Flußbett und baute mir einen kleinen Ofen. Ich besorgte mir ein Kupferrohr von dreiviertel oder einem Inch Durchmesser, das 16 bis 18 Fuß lang war, lang genug, um – wenn es spiralförmig gebogen war – vom Boden eines 50-Gallonen-Kessels bis nach oben zu reichen. Ich füllte Sand oder Sägemehl in das Rohr, damit es beim Biegen nicht brach, und wand es um einen Baumstumpf. Dann kam diese Spirale in den Kessel, und ihr oberes Ende wurde mit dem Schwanenhals verbunden. Ich habe nie mit einem Thumper-Faß gearbeitet. Immer direkt vom Kessel in die Spirale. Im Kessel befand sich eine Art Säule, durch die die ganze Zeit kaltes Wasser lief.

Bei einer 50-Gallonen-Brennblase brauchte man nur ungefähr acht Scheffel ausgewähltes weißes Maismehl. Man begann mit acht 50-Gallonen-Kesseln und gab in jeden einen halben Scheffel Mehl. Dann wurde die andere Hälfte des Mehles, vier Scheffel, in der Brennblase aufgekocht, erhitzt und breiig gemacht. Alles wurde so auf die Kessel verteilt, daß in jedem ein halber Scheffel gekochtes und ein halber Scheffel rohes Mehl waren. Man ließ das Ganze ein paar Tage stehen und kehrte dann zurück, vermischte es, verdünnte es mit Flußwasser und verrührte es. Dann gab man ein paar Gallonen Malzmehl und eine Gallone Roggen hinzu. Sechs Tage später, wenn die Mixtur oben klar war, hatte man seine vergorene Würze und konnte loslegen. Es wurde ein Kessel nach dem anderen destilliert, und man erzielte sechs bis acht Gallonen *singlings* pro Kessel. Dann erfolgte ein zweiter Brenndurchlauf. Dabei gewann man den richtigen Alkohol. Der war hochprozentig, zu hochprozentig, um zu tröpfeln. Äthylalkohol. Das erste Destillat hatte 150, 160 Proof. Während er weiter destilliert wurde, sank der Alkoholgehalt, und bei etwa 120 Proof wurde die Perlprobe bestanden. Bei 100 Proof war die Schaumbläschenprobe dann sehr gut. Bei Maiswhiskey ist sie besser als bei dem heutigen Zuckerwhiskey. Zucker bewirkt ein schweres Perlen. Etwas später ,bricht' – wie sie sagen – ,der Whiskey in der Kühlschlange'. Er beginnt sauer zu riechen und zu schmecken, wenn es weniger als 90 Proof sind. Das nennen wir *backings*, die zusammen mit den *singlings* erneut destilliert wurden.

Von 50 Gallonen *singlings* erwartete ich, zwischen 16 und 20 Gallonen *doubling likker* zu bekommen. Dieser wurde mit ungefähr fünf Gallonen Flußwasser ,geviertelt', und man hatte dann insgesamt um die 25 Gallonen. Einige Leute verschnitten ihn mit den *backings*, was ich nie tat. Die Verdünnung mit Wasser ergibt den besten Whiskey, den, der am süßesten schmeckt. Oft sagten die Frauen, wir hätten es in den Bergen leicht gehabt, unseren *moonshine* herzustellen, aber lassen Sie mich eins sagen, wir mußten wirklich hart arbeiten. Ein fauler Kerl macht keinen *moonshine*. Es ist harte Arbeit, all das Zeug in die Berge zu schleppen und den Steuereintreibern zu entgehen." In Irland würden viele Frauen und Männer dem zustimmen.

Nachtrag zur Situation des *Moonshining* in den USA:
Die jüngsten Zahlen der Finanzbehörden zeigen, daß in den USA über zwei Drittel des *moonshine* in den Städten hergestellt wird. In den Appalachen ist es mittlerweile für die Bergmenschen profitabler, Hanf zur Marihuanagewinnung anzubauen!

KENTUCKY BOOTLEGGER

Kommt all ihr Schnapskäufer, wenn ihr wollt hören,
Auf welche Sorte Schnaps sie allhier schwören,
Gebrannt tief in den Sümpfen und Bergen,
Wo viele Moonshine-Destillen sie verbergen.

Einige Moonshiner machen sehr guten Stoff,
Bootlegger mischen ihn gar oft,
Er macht eine Gallone, nein, er macht zwei,
Macht's euch nichts aus, Jungs, seid ihr bestens dabei.

Ein Tropfen läßt ein Kaninchen einen dummen Hund jagen,
Ein Schlückchen ein Kaninchen ein Wildschwein plagen,
Es läßt einer schwarzen Schlange eine Kröte spucken ins
    Gesicht,
Einen frommen Prediger erscheinen vor Gottes Gericht.

Ein Lamm wird nach Genuß des alten Moonshine
Sich niederlegen neben einem Löwen fein.
Wirf also deinen Kopf zurück, ihn in den Hals zu lenken,
Und eine ganze Woche lang wirst du nichts mehr denken.

Die Moonshiner machen sich mächtig dick,
Und die Bootlegger machen sich mächtig schick,
Wenn sie so weiter machen wie bisher
Wird einer den andern verkaufen, sag ich dir.

MOONSHINER

Ich war Moonshiner sieben lange Jahre hier.
Ich mache meinen eignen Whiskey, trink mein eignes Bier.

Ich werd mir eine Höhle suchen für meine Moonshine-
    Brennerei,
Dir eine Gallone verkaufen, mit fünf Dollar bist du dabei.

Ich werd zu einem Krämer gehen, mit meinen Freunden einen
    heben,
Keine Frauen, die sehen, wieviel ich dafür ausgegeben.

Keine Frauen, die meckern, keine Kinder am Hals,
Willst glücklich du leben, heirate niemals.

Kommt all ihr schönen Frauen, seid gewarnet durch mich,
Hänget nie eure Herzen an einen jungen Mann wie mich.

BOOTLEGGER'S STORY

Nun, es ist wahr, die Gesetzeshüter mögen mich nicht,
Von meiner Brennerei vertrieben haben sie mich,
Und natürlich mußte ich gehen, ganz übel,
Wurde getrieben durch Wildwuchs und Hügel

Triff mich also, mein Freund, heut nacht,
Triff mich draußen im Mondschein, hab acht,
Zehn Gallonen von gutem Whiskey hab ich dabei,
Die müssen beim Mondschein verkaufet sein

Die Fahnder mögen mich nicht dafür,
Sie trieben mich weit weg von meiner Tür,
Könnte ich zuhause wohnen,
Würd ich brennen zehntausend Gallonen

Wüßt ich, wann die Fahnder kommen,
Stünd ich in meiner Hüttentür besonnen,
Meine Taschen voller Patronen aus Stahl,
Einen Colt in der Hand, Größe nach Wahl

POSTSCRIPT

Quill Rose, ein wohlbekannter *Moonshiner* aus North Carolina, äußert sich dazu, ob es wahr ist, daß Altern den Maiswhiskey verbessere. „Euer Ehren sind falsch informiert worden", antwortete Quill, „ich habe einmal eine Woche lang ein wenig Whiskey aufgehoben, und ich konnte nicht sagen, daß er besser gewesen wäre, als zu der Zeit, da er neu und frisch war."

KAPITEL 5

Poitín in Liedern und Geschichten

„Philly Cullen, das ist ein Mann, den die Polypen fürchten. Hast du diesen Kerl im Haus, wird nicht einer von ihnen herumschnüffeln, und wenn die Hunde Poitín aus der Dunggrube im Hof schlabbern."

J.M. Synge, The Playboy of the Western World

Poitín findet in Liedern, Gedichten und Geschichten aus Irland häufig Erwähnung. Im folgenden lege ich lediglich eine kleine Auswahl vor. An Geschichten habe ich eine von William Carletons Poitín-Geschichten ausgewählt. Carleton (1794–1860) aus der Grafschaft Tyrone war der Sohn armer Eltern, der, da er nicht Priester werden durfte, nach Dublin ging und für Caesar Otway beim *Christian Examiner* arbeitete. Seine Skizzen und Erzählungen aus dem Leben des irischen Landvolks vermitteln einen guten Einblick in die irischen Bräuche und Gewohnheiten der ersten Hälfte des 19. Jahrhunderts und sind sehr viel lesbarer als die Werke anderer irischer Schriftsteller jener Zeit, wie etwa John und Michael Banim oder Gerald Griffin. Ebenfalls aufgenommen habe ich mit freundlicher Genehmigung des Autors, Michael McLaverty, dessen Kurzgeschichte ›Der Poitín-Hersteller‹. Von Frank O'Connor, C.E. Montague und verschiedenen anderen modernen Autoren gibt es ebenfalls Geschichten über den ‚Bergtau‘, die aber leider aus Platzgründen keine Berücksichtigung finden konnten.

Mein Dank gilt Breandan Breathnach und Harry Tipping für die Hilfe bei den Gedichten und Liedern über Poitín. Auf den Abdruck bekannten Materials wie ‚Bo na leathadhairce‘ habe ich verzichtet und stattdessen weniger leicht zugängliche Liedtexte wie ‚Bainne Dubh na Féile‘ und ‚Se oakhum mo phriosun‘ sowie einige alte Gedichte über Poitín in irischer Sprache aufgenommen.

Das breite Spektrum an Liedern über *moonshine* machte die Entscheidung schwer, und wieder habe ich eher bekannte Texte wie ,Katie Daly' weggelassen und mich für drei Lieder aus dem 20. Jahrhundert entschieden. Auch alte Lieblingssongs, wie ,Jug of Punch', wurden weggelassen, dafür habe ich bei der Auswahl irischer Lieder in englischer Sprache unbekanntere, aber sehr viel bessere Songs berücksichtigt, wie etwa ,The Hackler from Grouse Hall' und dessen Nachfolgesong ,The Sergeant's Lamentation'.

SE OAKHAM MO PHRIOSUN

O'gus molaim su na heornan go deo agus choíchin.
Nach mairg nach mbíonn tóir ag
Rí Seoirse ar a dhéanamh?
Seán Forde a bheith 'na ghiúis tis,
sé chomhairleodh na daoine,mar b'eisean a chuir
ar an eolas dhomsa le oakum a spíonadh.

Curfá:
Is forum de dy dil ó rum, sé oakum mo phriosún,
is gur fhága sú na heornan na hóglaigh dhá spíonadh

'gus maidin ins an tSamhradh is mo leaba déanta síos a'm,
d'éirigh mé mo sheasamh nó gur bhreathnaigh mé mo
  thimpeall;
sea chuala mé an hello orm is cén deabhail atá tú a dhéanamh,
do dhá láimh in do phócaí 'gus oakum le spíonadh?

Curfá

Is chuaigh mé féub stór is bhí oakum thar maoil ann;
thug mé lán mo ghabhlach liom, mo dhóthain go ceann míosa.
Is nach mise a bhain an gáire as an ngarda a bhí mo
  thimpeall,
Nuair d'fhiaraigh mé den cheannphort arb air a d'fhás an
  fionnach?

Curfá

Is nach mise a bhíonn go brónach gach Domhnach is lá
  saoire,
mo sheasamh amuigh san ngairdín istigh i bhfáinne's mé goil
  timpeall?
Is gur sileann ó mo shúile sruth deora nuair smaoiním
gurb olc an obair Domhnaigh bheith i gcónaí ar an gcaoi seo.

Curfá

Eine traurige Erzählung von einem jungen Mann, der wegen des
Verbrechens der Poitín-Herstellung ins Gefängnis geschickt
wird und Werg zupfen muß.

WERG IST MEIN GEFÄNGNIS

Und ich preise den Saft der Gerste für immer und ewig.
Aber ist es nicht schade, daß König Georg nicht danach
  trachtet, daß er gemacht wird?
Und warum in aller Welt empfahl jemand, John Forde zum
  Richter zu machen,
War er es doch, der mir die Möglichkeit bot, Werg zupfen zu
  lernen!

Chor:
Oh Forum didelorum, Werg ist mein Gefängnis,
Und die jungen Männer ließen den Saft der Gerste zurück,
  es zu zupfen!

Und eines Morgens im Sommer, als ich mein Bett gemacht
  hatte,
stand ich da und blickte umher,
Und ich hörte das übliche ‚Was zum Teufel machst du mit
  deinen
Händen in der Tasche, ist das Werg doch nicht gezupft'.

Chor

Und ich ging in das Lager, wo die Faser gestapelt war,
Und lud eine Gabel voll, genug für einen Monat,
Und ich brachte die Wächter um mich herum zum Lachen,
Als ich fragte, ob das haarige Zeug an ihm wachse.

Chor

Und bin ich nicht der traurig Knab jeden Sonn- und Feiertag,
Wenn im Hof ich steh oder wie immer im Kreise geh,
Und Tränenbäche über das Gesicht mir laufen,
Wenn ich denke, was für eine schreckliche Art, den Sonntag
  zu verbringen!

Chor

BAINNE ‚DHUBH NA FÉILE‘

Bhí bo-ín bheag agamsa, sé a h-ainm Dubh na Féile.
Ní leagfadh béal ar talamh's thiúbharfadh bainne dho na
  céadta
Dhéanfadh síotcán's cárthannas i Sasana's in Éirinn
Is níor dhóichide sin ná seal eile a' tarraint locaí a chéile.

Curfá:
Nó a dtuigeann tú mo chás a bhean an tabhairne a's mé
  glaodhach ort.
Nó a' driúbharfá braon go maidin domh de bhainne Dhubh na
  Féile.

A dóthain a thabhairt le caitheamh di, trí bairillí braiche in
  aenfheacht
Teine a choinnéal faduighth' fúiti is lasair ar gach taobh di,
Sé na dlighthe atá agaibh i Sasana nó in Éirinn
Gach bó dhá dtálann bainne dhóibh, go gcoinnigheann siad
  dóibh féin í.

Curfá

An té d'ólfad braon ar maidin di, 's deas a mharbhóchadh sé
    na péiste
Cuirfeadh tinncéaraí 'gus bacaigh a's ceannuidhth' a' marbhú
    a chéile
Sean-mhná, nuair a bhlaiseanns di, a' reic an rud' nac
    ndéarfar,
Agus meidhir an domhain ar shean-daoine a' ceapadh gur
    maith an 'stuf' dóibh féin é.

Curfá

Tá sagairt agus bráithre a' blaiseadh do 'n bhraen úd
An t-easbog is an Pápa, 's ní áirmhighin ministéaraí.
Iarlaí's tighearnaí láidre, gan trácht ar a gcuid 'ladies'
A's ní fhanócaidís le eadarshuth ach a'bleaghan Dubh na
    Féile.

Curfá

Tá lucht ,Sequels' agus ,Warrants', ,Orangemen' a's
    ,Quakers',
A' tigheacht dho do mharbhú 'sa chlaidhmhe i láimh gach
    aoinneach
Cnaigín a thabhairt do 'n fhear acab ar maidin 'shdeamhan a'
    baoghal duit
Agus a chomhursanaí nach beannuighth' an rud é bainne
    Dhubh na Féile.

Curfá

Cheannuigh an Róisteach bó ar an aenach,
Trí ghiní óir agus coróin gheal éirnis
Le síorruidheacht na h-aimsire, thuit a taobhannaí ó chéile
Agus nar suarach an geáll airgid í maidin lá an aenaigh

M. Ó Cadhain

Einst hatte ich eine kleine Kuh, deren Name war ‚großzügige
　　Blackie‘.
Die führte ihr Maul nicht zu Boden, gab aber reichlich
　　‚Milch‘,
Frieden und Freundlichkeit konnte sie schaffen zwischen
　　England und Irland,
Und du wirst zugeben müssen, daß nicht vielen dies gelingt!

Chor:
Oh! Frau aus dem Wirtshaus, ich bitte, hab acht,
Gib mir ein wenig von Blackies Milch, hilf mir durch die
　　Nacht.

Willst du sie satt machen, werden drei Bottiche Malz es tun,
Mit einem Feuerchen unter ihr und Flammen ringsherum,
Nur erlauben es dir nicht die Gesetze Englands und Irlands,
Eine nützliche Kuh zu halten, die Milch dir gibt.

Chor

Bei einem Tröpfchen am Morgen,
　　würdest du kurzen Prozeß mit den Schlangen machen.
Tinker, Bettler und Händler würden sich gegenseitig an die
　　Gurgel gehen.
Und alte Frauen, wenn sie davon kosteten, würden anfangen,
　　Dinge zu verkaufen, die nie hergestellt wurden.
Und alte Kerle wären ganz aus dem Häuschen, dächten, es sei
　　genau ihr Stoff.

Chor

Priester und Brüder genehmigen sich gelegentlich ein
　　Tröpfchen
Und auch der Bischof und der Papst, ganz zu schweigen von
　　den protestantischen Geistlichen.
Ebenso die Grafen und mächtigen Barone, nicht zu vergessen
　　ihre prunkhaften Damen
Die den ganzen Tag lang die ‚Großzügige Blackie‘ melken!

Chor

Die ‚Sequel'-Gang, die ‚Warrantmen', ‚Orangemen' und
  Quäker,
Wenn sie alle kommen, mit dem Schwert in der Hand, dich
  zu töten,
Reich ihnen ein Schlückchen, und du wirst verdammt nicht
  ein bißchen in Gefahr sein.
Denn, Nachbarn, ist die Milch der kleinen Blackie nicht fein!

Chor

Kaufte der stolze Mr. Roche nicht auf dem Markt eine Kuh
Für drei Goldguineen und eine hübsche Krone als Anzahlung?
Sie wird sich eine Ewigkeit halten
Hat er da nicht ein gutes Geschäft gemacht?

M. Ó Cadhain

EIN KLAGELIED AUS WEST CORK FÜR PADDY BUCKLEY

Oh steh auf, Paddy Buckley und komm mit mir,
Wir brennen Whiskey an dem Ort, den du wünschtest dir,
Gut kennst du die Berge, durch die wir oft gestreift,
Steh auf, mein Junge, komm mit mir, bevor der Tag reift.

Und wenn wir in den Bergen sind, setzen wir uns dort,
Reden über die Durchsuchung in Macroom, den Fall in
  diesem Ort.
Es waren Spitzel und Nachbarn, die das ganze Unternehmen
  verrieten,
Gottseidank sind wir aber wieder sicher in unsren
  Berggebieten.

Als ich hörte, du bist geschnappt, sorgte es mich sehr,
Und als sie dich ein zweites Mal schnappten, noch zehn Mal
  mehr,

97

Ich weiß sehr wohl, du bliebst treu der edlen, alten Sache,
Wurdest aber unterworfen der grausamen Gesetzesrache.

Eines Nachts, als ich schlief und in meinen Träumen war,
Dacht ich, daß drüben auf dem grünen Heidehügel ich ihn
stehen sah.
Ich dacht, ich hört ihn singen an diesem plätschernden
Bächelein,
Wo wir oft hatten getrunken ein kleines Gläschen zu zwein.

Eines dunklen Abends im Dezember hörte ich einen Alten
fragen,
Ist es wahr, daß sie ihn schnappten, oder entging er dem
Jagen?
All diese Berge wirken so einsam, seit er mußte gehen,
O Gradh mo croidhe, ich würde ihn gern wieder kommen
sehen.

Wenn ich die Leute reden hör, bekümmert es mich sehr,
Daß Buckleys Rennen gelaufen ist, weit weg mußte er.
Aber stets ich werd ihnen widersprechen, kenn ich ihn so
lang doch schon,
Er ist glücklicher auf jenem Berg als ein König auf seinem
Thron.

Die Feder ist trocken, ich hör auf mit dem Reden,
Ein altes Sprichwort sagt, daß alte Soldaten immer leben.
Wenn also wieder Weihnacht ist, wäre ich gern zusammen
mit ihm,
Ziehen wir über einen hohen Berg mit einem Krug voll
bestem Poitín.

Irischer Pfeifer (Lawrence Collection, National Library of Ireland)

CRUISCAN LAN

Oh kommt und hört mir zu, Ihr Jungs und Mädels all,
Ich hoffe, ihr hört mich singen und spendet mir Beifall,
Ich erbitte Eure Stimme, Eure freundliche Aufmerksamkeit,
Um Freude und Glück mir zu wünschen für Sport und
    Beweglichkeit
Is gheomaris ab cruiscan is biodh se lan.

Es war im Monat Juni, als ein feiger Denunziant
Auf's Polizeirevier schlich und plauderte penetrant,
In den Bergen draußen, sagte er auf die Schnelle
Gäbe es eine Poitín-Brennerei an einer kristallklaren Quelle.

Am nächsten Morgen traf die Polizei eilig ihre Vorkehrungen,
Fuhr mit Auto und Fahrer zu der Stelle, von der er hatte
    gesungen.
Als sie aber die Hütte erreichten, gab es dort keinerlei
    Lebenszeichen,
keine Schwarzbrennerei, nein, nichts dergleichen.

Dieser gebrannte Tropfen aus Kristall heilt manches Leid,
Die Gelbsucht, den Scharlach und sogar Herzesleid,
Er bannt Masern, treibt die Entzündung aus der Lung',
Aus der Seele den Teufel, schützt dich vor Versuchung.

Weihnachten naht nun, Jungs, und damit Probleme,
Wo bekommen wir einen Tropfen, der rein ist, ohne Häme?
Unsere eigne Brennerei ist die beste der Nation,
ohne Abgaben, ohne Steuer die Distribution.

Und nun will ich schließen, ich hoff', ich verriet nicht zuviel,
Bald kommt unsere Freiheit, sind wir mit Home Rule am Ziel.
Alle Landräuber, alle feigen Verräter werden wir verjagen
Und unsere irische Poitín-Brennerei werden wir selber haben,
annsúd gan buiochas d'einne.

POITIN, VIEL GLÜCK, MEIN LIEBER!

Wär ich ein Monarch in Pomp
Wie Romulus und Julius Cäsar
Mit den allerbesten Speisen
Und Getränken wie Nebukadnezar
Hätte ich ein Stückchen Schinken
Und die besten Kartoffeln, Sir
Würde nicht Rotwein ich trinken
Sondern vom ollen Mullen ein Fäßchen Poitín, Sir
An dem der Geruch von Rauch noch hängt.

Sie sprechen von den Römern, den alten
Die lebten einst, so sagt man, in Saus und Braus
Aber glaubt mir, um die Kälte abzuhalten
Mögen unsere Römer hier Whiskey zuhaus
Der wärmt Kopf und Bauch
Ist die Seele allen Schreibens, aller Lektüre
Lehrt Wissenschaft und Kunst auch
Entscheidet über Liebe oder Kampfesgeschüre.
Oh, Poitín, viel Glück, mein lieber!

Charles Lever

DER HECHLER AUS GROUSE HALL

Ich bin ein wandernder Hechler, hab einen Shamrock-Tick,
Ich heiße Pat McDonnell, bin an Jahren vierundachtzig,
Geliebt und hochgeschätzt von meinen Nachbarn all',
Liebte ich es, am St. Patrick's Day umherzustreifen in Lavey
    und Grouse Hall.

Als jung ich war, tanzte ich, sang, trank guten Whiskey dazu,
In jedem ollen Laden gab's richtigen alten Mountain Dew.
Mit einer Poitín-Brennerei auf jedem Hügel waren die Peeler
    genarrt all',
In Stradone bin ich bekannt, in Lavey und Grouse Hall.

Ich zog von Stadt zu Stadt, denn hecheln war mein Beruf,
Daß ehrlich ich mich durchschlug, das war mein Ruf.
Wo immer ich war bei Tag oder Nacht kamen die
    Jugendlichen all',
Um etwas Spaß zu haben mit Paddy Jack, dem Hechler aus
    Grouse Hall.

Es ist schon seltsam, wie die Zeiten vergehen,
überall herrscht Zwang, sind die Peeler am Spähen.
Ein Gläschen trinken gilt – ach! – als größtes Verbrechen für
    all',
Seit Balfour den Sergeant, das hungrige Biest, loshetzte in
    Grouse Hall.

Als Werkzeug der Herrschenden ist unterwegs er Tag und
    Nacht,
Schnappt eine Ziege am Hals sich, damit er bessre Beute
    macht.
Der üble Skunk schwor, ich sei betrunken, das war nicht der
    Fall,
Es gibt hier keinen Frieden mehr, seit er kam nach Grouse
    Hall.

Unter diesem Vorwand lochte er mich ein,
Eine kalte Zelle sollte mein Schicksal sein.
Mein ergrauter Kopf auf nacktem Holz, solch Schande ruft
    nach Krawall,
Den Tag wird er bereuen, da er einlochte den Hechler aus
    Grouse Hall.

Er verfolgt die Landliga wie die Pest, daß man sich soll
    genieren,
Der Priester am Sonntag nicht frei ist, die Messe zu
    zelebrieren.
Beim Pflichtbesuch dort kniet er in sicherem Metall,
Um anzufallen und wegzuzerren den Geistlichen von Grouse
    Hall.

Bis in die Hölle die Jagd nach Poitín gehen,
dann wird er schwören, er habe ihn in Killinkere gesehen.
Er wird von Kopf bis Fuß durchsuchen Betten, Laken,
    Decken, all',
Deine Frau, nicht angezogen, muß weichen für Jemmy aus
    Grouse Hall.

Für jenen armen Mann und dessen hübsche Frau macht er
    den Plan,
Daß er ihnen auf der Stelle Freiheit und Leben nahm.
Er würde schwören, der Mann sei verrückt, ein
    hoffnungsloser Fall,
Wie er es jüngst getan bei einem aus der Nähe von Grouse
    Hall.

Seine Jagd auf Hunde, die Züchtigung, kaum glaubt man die
    Gewalt,
Wie er einen ganz jungen sich schnappt und schwört, er sei
    zwei Jahre alt.
Jenseits der Hölle gibt's keinen wie ihn, auf keinen Fall,
So ein gemeiner Molch, des Teufels Strolch, der Herrscher
    von Grouse Hall.

DES SERGEANTS LAMENTO

Loyale Männer, so es sie in Grouse Hall auch gibt,
Zeigt Mitleid mit mir, ich hab es versiebt.
Ich bin verhaßt wegen der Tyrannei und des Unrechts, das
    geschieht.
Nah und fern hört ihr meinen Namen darum im Lied.

Man straft mich Lügen, weil ich das Gesetz hütete,
Für Frieden sorgte, wo so mancher Trunkenbold wütete.
Mein Protest mag in ziemlich harten Worten sein,
Den Schöpfer dieses Liedes aber kriege ich klein.
Diesen hechelnden Clown, der bei jeder Träne grinst,
Den ganzen Tag ein Krokodil spielt und linst.

Flink sogleich spielt er seinen Streich den Peelers ganz perfid,
Um meinen Ruhm zu schmälern mit seinem Rebellenlied.

Bettelnd zieht er, singt ein Lied, macht sich keinerlei Sorgen,
Und von den Hügeln erschallt Jemmy aus Grouse Hall
    abends und am Morgen.
Bald schon wird er anders klingen, da er in Eisen
    geschmied',
Wenn Balfours Schere am Ohr ihm sitzt, singt er ein andres
Lied.

Die Liga verfolg' ich, warum sollt' den Priester ich schonen,
Der die Gesetze brach, sorgte für Blutvergießen in vielen
    Regionen.
Aber Martins Ende in Donegal wird gerächt werden hier noch
    lang,
McFaddens Plagen geht's an den Kragen und wer wird dann
    singen den Gesang?

Ich leugne, daß ich jemals eine nackte Frau gesehen hab,
Das sanfte Geschlecht, ich weiß, ist ohnehin schlecht,
    verbreitet Schlechtes nur allzu hart.
Es ist eine Schande von dieser Bande, daß sie zu lügen
    belieben,
Solange ich lebe, werde ich nie vergeben dem Mann, der
    dieses Lied geschrieben.

In meinem Leben würd' nie ein Wort ich reden mit Tullys
    Frau,
Der Irre machte bald ganz kirre eifersüchtig seine Schau.
Ich sag immer noch, er ist nicht ganz dicht im Kopf, obwohl
    Lovelock sagt, er sei's nicht.
Dieses irre Wrack, das ist doch Fakt, hat dieses Lied
    gedicht'.

Meine Poitín-Jagd, so sag' ich verzagt, wird ebenfalls
    scheitern,
Rechtswanwalt Lynch sagt ‚keinen Inch', macht munter
    immer weiter.

Mit Logik klar erweist sich wahr, was falsch, was richtig ist,
Zweifellos, doch bloß, er könnte der Mann sein, des Liedes
Komponist.

Es sind bei der Polizei natürlich dabei Männer, die mit mir
sympathisieren,
Es gibt welche, die frönen dem Kelche, doch wenige nur, die
sich verlustieren.
Letzteren sage ich, ein Tag der Abrechnung wird kommen
unbedingt,
Und Cooper mußte büßen für den Mann, der immer dieses
Lied singt.

Ich bekund, ich geb' fünf Pfund dem, der mir des Dichters
Namen nennt,
Denn er ist der Strolch, der bereitet mir solch' Ärger
impertinent.
Und in einem Coach zu Cecil Roche, führ' ich ihn durch die
Menge,
Ich weiß, er ist ganz heiß, zu sehen den Mann der Gesänge.

In all meinem Prahlen ist des Hechlers Geist nahezu überall,
Mir ist ganz bang, daß selbst lang nach seinem Tod er mich
heimsucht aus Grouse Hall.
Von Träumen in der Nacht werd' ich um den Schlaf gebracht,
hör' Töne schrill und lang,
Die schmerzen im Ohr und ich stell' mir vor, es ist das Echo
von seinem Gesang.

Ich bin sehr froh, daß man fort mich schickt noch heute,
Nach Cork oder Clare oder sonstwo hin, unter andere Leute.
Diese verfluchte Grouse Hall sorgte für meinen Fall, ich war
zu lang in diesem Gebiet,
Bevor ich verschwinde, wünscht ich, ich finde den Mann, der
geschrieben dies Lied.

Der hier geschilderte Zwischenfall ereignete sich in den zwanziger Jahren des vorigen Jahrhunderts in Doons, einer fünf Meilen westlich von Cookstown gelegenen Ortschaft. Die Geschichte erschien in der von Eamonn O'Tuathail edierten Sammlung »Munterloney Folk Tales«, die das Irish Folklore Institute 1933 veröffentlichte.

Zur Weihnachtszeit war das Wetter hier sehr feucht und stürmisch. Es war schwierig, überhaupt etwas zu tun. Der Heilige Abend war ein arbeitsreicher Tag für mich. Ich stand früh am Morgen auf, ging nach draußen und säuberte Schuppen und Scheune, fütterte das Vieh, ging aufs Feld hinaus und holte den Hammel, der an Weihnachten geschlachtet werden sollte. Und meine Frau sagte zu mir: „Es ist alles bestens, aber wir haben nichts zu trinken, und das zu Weihnachten."

„Wird nicht lang so bleiben", sagte ich, „denn ich werde in den Pub unten in Doons gehen und zwei Quart Poitín holen, und die werden für uns und jeden Nachbarn reichen, dem wir einen Schluck abgeben wollen."

Ich ging also zum Pub, und der Hof und das Haus waren voller Leute. Alle waren aufgebracht von der Neuigkeit, daß in der Nacht zuvor der große Mühlstein aus der Mühle von Doons gestohlen worden war, und keiner wußte von wem. Nun, man hatte die Polizei informiert. Die Polizisten befanden sich auf dem Weg, als sie eine Frau namens Peggy aus Doons trafen, und hatte Big Peggy nicht den Mühlstein unter ihrem Mantel versteckt? Als Peggy ihrerseits die Polizisten sah, machte sie sich aus dem Staub, und die Polizisten versuchten sie zu kriegen, doch sie flüchtete mit dem Stein in die Berge und versenkte ihn im Lough Fea. Sie kam zurück, und niemand konnte ihr irgend etwas nachweisen. Wir tranken also alle im Pub und sprachen darüber, als Big Peggy höchstpersönlich hereinspaziert kam. Und der Müller sagte zu ihr: „Wenn du den Mühlstein zurückbringst, bekommst du von mir ein Quart Poitín, denn es ist schwierig, Männer zu finden, die den Stein im See finden und herausholen würden."

„Gut", sagte sie und machte sich zum Lough Fea auf, sprang

ins Wasser, rollte den großen schweren Stein heraus und brachte ihn an seinen Platz in der Mühle zurück. Dann kam sie herein, und der Müller und alle Gäste lachten und klatschten, und sie bekam das Quart Poitín, und wir fingen alle an, über die großen Heldentaten der starken Big Peggy zu sprechen. Sie reichte den Poitín reihum, und alle tranken, und ein Quart führte zum nächsten, bis alle genug intus hatten. Dann fingen sie zu tanzen an, und auch Peggy tanzte. Hättet ihr nur sehen können, wie diese Frau tanzte! Sie ließ den Boden erbeben. Drei Mann zusammen waren nicht so stark wie sie. Jungs, ging ich an diesem Abend gutgelaunt nach Hause!

Am nächsten Morgen früh raus und zur Messe. Und als wir zurückkamen, luden wir ein paar Nachbarn ein, wir tranken die zwei Quart Poitín, und alles in allem hatten wir diese Weihnachten unseren Spaß.

BOB PENTLAND

Daß die Iren ein schlagfertiges Völkchen sind, entspricht der Wahrheit, sowohl ihre Freunde wie ihre Feinde haben davon reichlich Zeugnis abgelegt. Wollten wir philosophisch werden, ließen sich viele Gründe für diese fragwürdige Gabe anführen; da diese aber schon so häufig bescheinigt wurde, wäre es verschwendete Mühe, diese vor der Welt auszubreiten. Bei diesem oder jedem anderen Thema ersetzt eine Illustration oft zwanzig Argumente. Wir erzählen also lieber eine Geschichte, statt eine Theorie zu entwickeln.

Hinter dem Hügel oder vielmehr Berg von Altnaveenan liegt eines dieser tiefen, ja steilen Täler, auf welches das geübte Auge eines Schwarzbrenners mit Vergnügen fällt, da die Topographie es unwahrscheinlich erscheinen läßt, daß der Steuereintreiber und seine Rotröcke dort je ihren unheiligen Fuß hineinsetzen. Tatsächlich war die Stelle, von der wir reden, aufgrund ihrer seltsamen Isolierung nahezu unsichtbar, es sei denn, man kam in ihre unmittelbare Nähe. Das Tal war ringsum so abgeschlossen und von den runden und spitzkantigen Gebirgsvorsprüngen gegen Einblick gedeckt, daß man nicht im Traum an seine Existenz gedacht hätte, bis man auf den Hohlweg stieß, der direkt zum Tal führte. Die Lage war jedoch nicht der einzige Vorteil. Es ist in der Tat wahr, daß man, war man einmal hineingelangt, sich überhaupt nicht vorstellen konnte, daß hier destilliert wurde, und unwillkürlich ausrufen mußte: „Wie schade, daß es in einem so sicheren und schönen Schlupfwinkel nicht eine Stelle gibt, wo eine Destille gebaut oder aber ein ausreichender Wasserfluß geschaffen werden kann, der für die Destillation unerläßlich ist." Käme ein Steuerbeamter tatsächlich in dieses Tal und sähe sich prüfend um, wäre er augenblicklich der Auffassung, daß der Bau einer privaten Brennerei an einem solchen Ort eine große Torheit wäre, die man denjenigen, die solche Praktiken anwandten, im allgemeinen nicht nachsagen konnte.

Der Mangel an erforderlichen Produktionsmitteln war jedoch nur ein scheinbarer, kein realer. Zur Rechten, etwa einhundert Meter über dem Eingang, verlief eine etwa fünfzehn Meter hohe Felskette. Am unteren Ende, nahe am Boden gab es dichte Matten aus Heidekraut, die den Eingang zu einer Höhle bedeckten, die so groß und hoch war wie ein normales Bauernhaus. Durch kleine Risse in den Felsen, die das Dach bildeten, rann ein Strom klaren weichen Wassers, genau die Menge, die zur Destillation notwendig war. Hier befand sich ein von der Natur geschaffener idealer Platz für eine Brennerei, den keine menschliche Kunstfertigkeit oder Erfindungsgabe in ähnlicher Weise hätte hervorbringen können.

Es begab sich aber nun zu der damaligen Zeit, daß in unserer Gemeinde zwei Individuen lebten, die in ihrer Lebensführung so gegensätzlich waren, daß wir uns fragten, ob es bei allen instinktiven Antipathien, die wir in der Natur finden können, zwei so feindselige Tiere gibt wie diese beiden Männer, von denen die Rede ist, nämlich von Bob Pentland, dem Steuerbeamten, und von dem kleinen George Steen, seines Zeichens Schwarzbrenner. Pentland war ein alter, bestens ausgebildeter Kerl von fünfzig oder mehr Jahren, selbstsicher und pflichtbewußt und mit all den Eigenschaften eines wohlsituierten Beamten ausgestattet. Er war ziemlich groß, spindeldürr, und hatte eine Hakennase, mit der er die Fährte eines Schwarzbrenners mit dem untrüglichen Instinkt eines Spürhundes schnupperte. Er hatte dunkle, tiefliegende Augen, die wach und schelmisch wirkten, und seine struppigen Brauen schienen unablässig zu erforschen, wo sein hartnäckiger Gegner gerade destillierte, der kleine George Steen, der ihm immer wieder entwischte, wenn er ihn auch schon fast in seinen Fängen hatte. Um es kurz zu machen, Pentland war berüchtigt wegen seines Scharfsinns und Geschicks, Schwarzbrenner aufzuspüren, und der kleine George war ebenso berühmt dafür, ihn immer an der Nase herumgeführt zu haben, sogar unter Bedingungen, unter denen ein Entkommen hoffnungslos zu sein schien.

Die Vorfälle, die wir im einzelnen darlegen werden, ereigneten sich zu der Zeit, als die kollektive Weisheit es unseren Gesetzgebern für ratsam erscheinen ließ, eine Strafe über einen Weiler zu verhängen, in dem eine Brennblase, ein Helm oder eine Kühlschlange gefunden wurden, wodurch sie Gaunerei und Betrug Tür und Tor öffneten, und – wie sich in vielen Fällen zeigte – Unschuldige für eine Tat, die sie nicht begangen hatten, ebenso büßen mußten wie die Schuldigen, die für Planung und Ausführung verantwortlich waren. Das Gesetz hatte zur Folge, daß Brennereien so nah wie möglich an der Grenze zum Nachbardistrikt errichtet wurden. In dem Augenblick also, in dem das Zetergeschrei des Steuerbeamten und seiner Schergen vom Winde herangeweht wurde, wurde die ganze Apparatur sofort über die Grenze zur Nachbargemarkung gehievt, von der die vom Parlament erlassene Strafe dann eingetrieben wurde, während der listige Distrikt, der sich eine strafbare Handlung hatte zuschulden kommen lassen, ungestraft davonkam. Der gesellschaftliche Zustand, der durch ein solch unsinniges und barbarisches Gesetz geschaffen wurde, war schrecklich. In kurzer Zeit stieg die Zahl von Vergeltungsmaßnahmen, Prozessen, gewaltsamen Auseinandersetzungen, Morden und Massakern im ganzen Lande derart an, daß die klugen Senatoren, die für diesen Aufruhr verantwortlich zeichneten, gezwungen waren, das von ihnen verabschiedete Gesetz zurückzunehmen. Not macht nicht nur erfinderisch, sie führt auch zu manch zufälliger Entdeckung.

Pentland war so oft von dem kleinen George überlistet worden, daß er schwor, keine Ruhe zu geben, bevor er ihn nicht eingesperrt hatte; George hingegen sagte ihm, daß er ihm trotzen werde, oder, wie er es selber geradeheraus ausdrückte: „Ich trotze dem Teufel, der Welt und Bob Pentland." Letzterer setzte ihm jedoch arg zu und trieb ihn von Ort zu Ort und von einem Schlupfwinkel zum nächsten, bis er daran zu zweifeln begann, ob er ihn noch länger überlisten oder in der Gemeinde noch einen Platz finden konnte, an dem er in Ruhe destillieren konnte, weil Pentland ihn noch nicht herausgefunden hatte. So sah es aus mit ihnen, als George glücklicherweise hinter dem Hügel von Altnaveenan die natürliche Grotte entdeckte, die wir bereits kurz beschrieben haben. Nun, George war – wie wir bereits andeuteten – ein Mann großen Erfindungsreichtums. Aber es gab in der gleichen Gemeinde einen weiteren Schwarzbrenner, der ihm überlegen war, was die Weitsicht betraf, die zur Irreführung und Überlistung eines alten Spürhundes mit so ausgezeichnetem Riecher, wie Pentland ihn hatte, notwendig war: der kleine Mickey M'Quade, ein gedrungener Kerl mit O-Beinen, dessen Gang mehr ein Kriechen als Laufen war. George und Mickey waren – unabhängig von ihrer gemeinsamen Antipathie, die sie gegen Pentland hegten – dicke Freunde, und, um die Wahrheit zu sagen, viele der Demütigungen und Niederlagen, die Pentland durch George erlitt, mußten – im Vertrauen gesagt – auch Mickey zugeschrieben werden. George war ein Schwarzbrenner, der von keinem der Motive geleitet wurde, die im allgemeinen typisch für seinen Berufsstand waren. In Wirklichkeit war er ein analytischer Philosoph, ein geborener Chemiker, dem nie die Experimente ausgingen, und wir haben Grund zur Annahme, daß aus ihm der Kane, Faraday oder Dalton seiner Zeit hätte werden können, wäre ihm nur eine wissenschaftliche Ausbildung zuteil geworden. Nicht ganz so verdient war Mickey, der sich nie den Kopf wegen eines neuen Experiments zerbrach, sondern nur an einen guten Brenndurchlauf und die Überlistung des Steuereintreibers dachte. George suchte also Mickey auf, und beide unternahmen sogleich einen Spaziergang zum Schauplatz ihres künftigen Wirkens. Während sie ihn in Augenschein nahmen und seiner Vorteile gewahr wurden, tauschten sie freudige und triumphierende Blicke, die ihrer jeweiligen Persönlichkeit nicht unwürdig waren.

„Das ist prima", sagte George.

„Eh, meinst du nicht, daß Pentland zum Heulen zumute sein

110

wird?" Mickey spuckte geschickt über seinen Bart und zeigte nach einem nochmaligen Umsehen ein breites Grinsen, das Bände sprach.

„Es ist prima", sagte er, „aber es gibt ein Problem, an das du vielleicht nicht gedacht hast. Und du weißt, ein kleiner Hinweis, ein winziger Schwachpunkt reicht Pentland."

„Was ist es?"

„Was gedenkst du mit dem Rauch zu tun, wenn das Feuer brennt? Der wird sich immer entwickeln. Laß Pentland nur soviel Rauch aufsteigen sehen, wie aus der Tabakspfeife einer alten Frau kommt, und er hat uns."

George sackte zusammen. Die Beunruhigung und Enttäuschung, die man ihm im Gesicht ablesen konnte, machte klar, daß der ganze Plan scheitern würde, daß die Höhle wertlos war, solange das Problem nicht gelöst war.

„Was ist zu tun?" fragte er seinen gelasseneren Kumpan.

„Laß dir keine grauen Haare wachsen", sagte Mickey, „ich werde es schon lösen und Pentland kaltstellen."

„Ja, nur wie?"

„Das ist kein Ding. Wir sollten keine Minute verlieren und mit der Arbeit zu beginnen. Überlaß' das andere mir. Wenn ich es nicht schaffe, den Rauch zu verstecken, darfst du mir die Ohren abschneiden."

George wußte, daß Mickey über ein ausgeprägtes wie unerschütterliches Selbstbewußtsein verfügte, und dementsprechend begannen sie ohne weitere Fragen, ihren Operationsplan auszuführen.

In jenen Zeiten, als die Destillation eine nahezu allgemein verbreitete Angelegenheit war, pflegten die Farmer ihre Nebengebäude mit Geheimkammern und anderen notwendigen Verschlägen auszustatten, um in Ruhe brennen zu können. In einigen waren geheime Lager zwischen falsche Wände gebaut worden, deren Eingang nur wenigen bekannt war, und in vielen gab es sogenannte *Malt-Steeps*, in geheimen Winkeln und Hohlgiebeln verborgene Behälter zum Wässern der Gerste. Diese wurde danach dort ausgebreitet und getrocknet, bis sie hart genug war, um anschließend gedarrt und gemahlen zu werden. Von der Mühle wurde sie gewöhnlich auf Slipes zu den Brennereien gebracht, das heißt auf einer Art Auto ohne Räder,

111

das einfacher als ein Räderfahrzeug durch unwegsames Morast- und Moorgelände zu bewegen ist. Binnen eines Monats hatten George und Mickey mit der Hilfe ihrer Freunde die ganzen Gerätschaften wie Maisbottich, Hogshead usw. wie auch den Destillierapparat, dessen Helm und die Kühlschlange aufgebaut und in Betrieb genommen.

„Und nun, Mickey", fragte sein Kumpan, „wie wirst du mit dem Rauch fertigwerden? Du weißt ja, daß – abgesehen von einem Denunzianten – die beiden schlimmsten Dinge, die einen Schwarzbrenner verraten, der Rauch bei Tag und ein Feuer bei Nacht sind."

„Ich weiß", antwortete Mickey, „wir werden mächtig Rauch haben, ein kleines Lüftchen könnte nicht schaden. Komm, ich werd's dir zeigen."

Sie stiegen beide nach oben, wo Mickey sämtliche Spalten im ‚Dach' verschlossen hatte, außer derjenigen, die sich direkt über dem Feuer des Destillierapparates befand. Diese war höchstens fünfzehn Zentimeter breit und dreißig Zentimeter lang. Darüber legte er ein Stück perforiertes Eisenblech, und darauf brannte ein Torffeuer, neben dem ein kleiner Junge saß, der als Wachposten diente. Die Lösung war einfach, aber wirksam. Torfsoden lagen auf beiden Seiten, und dem Jungen wurde aufgetragen, sollte der Steuereintreiber – den er gut kannte – jemals auftauchen, Torf nachzulegen und die Rauchentwicklung zu verstärken, um ihn glauben zu machen, daß alles, was er sah, ausschließlich aus dem Feuer vor ihm aufstieg. Der Rauch aus der Höhle ging vollständig in dem Qualm auf, der durch das Feuer oben produziert wurde, und kein Mensch hätte das Geheimnis lüften können, es sei denn, man hätte ihn vorher eingeweiht. Der Autor dieser Zeilen hat sich selbst davon überzeugt, als die Destillation in vollem Gange war, und konnte nichts entdecken, obwohl ihm gesagt worden war, die Brennerei befinde sich in einem Umkreis von dreihundert Metern von dem Punkt, an dem er sich gerade aufhalte. Mehr als einmal hat er sich von zu Hause fortgeschlichen und den ganzen Abend in der Höhle verbracht, der Faszination erlegen, die ein solches Milieu auf junge Leute ausübt, wie auch dem eifrigen Verlangen, die alten Geschichten und Legenden zu hören, die sich die Brenner im allgemeinen abends erzählen.

Auf diese Weise – gut abgeschirmt gegen den Steuereintreiber und besser abgeschirmt, als sich unsere Leser bislang bewußt sind – verbrachten George, Mickey und ihre Freunde die
meiste Zeit des Winters ohne einen einzigen Besuch von Pentland. Mehrere erfolgreiche Brenndurchläufe hatten sich als
höchst profitabel erwiesen, und sie waren gerade im Begriff,
ihren letzten Durchlauf zu starten, nicht nur den letzten der
Jahreszeit, sondern den letzten, an dem sie zusammen arbeiten
sollten, da George Vorbereitungen traf, bei Frühjahrsanfang
nach Amerika auszuwandern. Auch dieser Brenndurchlauf geriet zu ihrer Zufriedenheit, und die *singlings* waren gerade wieder in die Brennblase gefüllt worden, aus deren Hals der stark
medizinische *first-shot* schoß, während das *doubling* begann.
Mit diesem Begriff wird der reine und fertige Schwarzgebrannte
bezeichnet. Aus diesem Anlaß waren die beiden Brenner vor-
sichtiger denn je und verdoppelten ihre Anstrengungen, gegen
jede Überraschung gewappnet zu sein, wußten sie doch, daß
Pentlands Besuche mehr dem Herabschießen eines Habichts
oder dem Satz eines Tigers ähnelten als irgend etwas anderem.
Als das *doubling* fast zur Hälfte beendet war, tauchte er auf,
begleitet von einem großen Trupp zögerlicher Soldaten. Man
kann den Soldaten in der Tat nicht absprechen, daß sie nie
Gefallen daran fanden, die Leute auf dem Lande auf Befehl
eines Faßjägers (wie sie im allgemeinen den Steuerbeamten
tauften) zu schikanieren. Es war vereinbart, daß der Posten an
dem Eisenblech eine bestimmte Melodie pfeifen sollte, sobald
Pentland oder ein Rotrock, beziehungsweise irgendeine Person,
die er nicht kannte, auftauchten. Und folglich hörten sie gegen
acht Uhr morgens den kleinen Kerl in der höchsten Tonart die
wohlbekannte und sehr bedeutsame Weise »Go to the devil an'
shake yourself« pfeifen, die in diesem Fall alles andere als alle-
gorisch gemeint war.

„Wir müssen verduften", fluchte George, „laß' uns verduften,
Mickey, es ist aus mit uns, Pentland ist hier, hörst du die
Warnung?"

Mickey schwieg einen Moment, lauschte angestrengt und spie
dann ein Stück Priem aus.

„Nur ruhig!" sagte er, „ich habe ein halbes Dutzend Feuer auf
den Hügeln entfacht, und eines gleicht dem anderen wie deine

rechte der linken Hand. Ich habe keine Mühe gescheut, weil ich doch wußte, daß wir diesen Tag überstehen müssen, um seinem Zugriff zu entgehen."

„Nun, mein guter Junge", fragte Pentland den Posten, „wozu dient denn dieses Feuer?"

„Wozu es dient?"

„Ja, wenn du es mir nicht auf der Stelle sagst, blas' ich dir das Hirn raus, und anschließend wirst du gehängt und deportiert." Dies donnerte Pentland heraus, während er dabei den Hahn einer großen Sattelpistole spannte.

„Wozu?" wiederholte der Junge. „Sir, es dient der Bewachung einer Brennerei. Aber ich sitze furchtbar in der Patsche, wenn Sie mich verraten, werd' ich bald auf diesen Kohlen rösten."

„Wo also ist die Brennerei?"

„Oh, bei Gott, die würden *mir* doch nicht sagen, wo die Brennerei ist."

„Wieso, Bursche, hast du denn nicht gerade eben gesagt, daß du eine Brennerei bewachst?"

„Ich wollte sagen, Sir", antwortete der Junge mit einem vollkommen idiotischen Gesichtsausdruck, „daß ich aufpasse, ob der Beamte kommt, und ich soll auf meinen Fingern pfeifen, um den Jungen auf dem Hügel dort drüben zu warnen, wenn er auftaucht."

„Wer hat dich damit beauftragt?"

„Little George, Sir, und Mickey M'Quade."

„Schön, schön, gut, mein Junge – zwei der notorischsten Gauner, und beide noch nicht am Galgen. Nun sei aber ein braver Junge und sag mir rasch die Wahrheit. Ich werde dich dafür mit dem Gegenwert von zwei Paar Schuhen belohnen. Weißt du, wo die Brennerei ist? Wenn du es weißt und mir nicht sagst, werden dich die Soldaten, die gleich zur Stelle sein werden, gefangen nehmen, und wenn sie das tun, kann niemand in aller Welt verhindern, daß du gehängt, ersäuft und geviertteilt wirst."

„Oh, zum Teufel noch mal, ich weiß von gar nichts, wenn Sie mir aber das Geld geben, Sir, sag ich Ihnen, wer Sie hinbringen kann, denn der hat mir gestern morgen gesagt, er wüßte Bescheid und hat angeboten, mich gestern abend hinzuführen, falls ich für ihn die Flasche stehlen würde, in der meine Mutter

Das Leben konnte gefährlich sein für einen Steuereintreiber. Dies ist alles, was von einem Steuerpolizisten übrig blieb, der 1833 ermordet und im Moor versenkt wurde. (RUC, Enniskillen)

zu Hause das Weihwasser aufbewahrt, damit er Whiskey hin-einfüllen kann."

„Gut, mein Junge, wie heißt dieser Bursche?"

„Kennen Sie einen Harry Neil oder Mankind, Sir?"

„Ja, mein guter Junge, den kenne ich."

„Nun, es ist einer seiner Söhne, und schauen Sie, Sir, sehen Sie den Rauch ganz rechts hinten, Sir?"

„Rechts? Ja."

„Also dort paßt Darby Neil auf, und er behauptet, er wisse Bescheid."

„Wie lange hast du hier Schmiere gestanden?"

„Ist erst mein dritter Tag, Sir, aber die anderen, die Jungs da oben, sind schon 'ne ganze Weile hier."

„Hat sich denn auf den Hügeln hier niemand zu schaffen gemacht, seit du hier bist?"

„Nur einmal, Sir, gestern, hab ich zwei Männer gesehen, mit 'nem leeren Sack oder zweien, die sind dort drüben über den Hügel gelaufen."

In diesem Augenblick erschienen die Soldaten, denen Pentland vorausgeeilt war, und er faßte das Gespräch mit unserem Freund, dem Spähposten, kurz zusammen. Sein dummer Gesichtsausdruck, der beklagenswert stumpf war, ließ sie übereinkommen, daß er den Wahrheitsgehalt der Geschichte, die er dem Steuereinnehmer erzählt hatte, bestätige, und nach einer weiteren Befragung waren sie davon überzeugt, nur ein dummer Tölpel wie er würde jedes Geheimnis ausplaudern, das ihm anvertraut wurde. Sie teilten sich sodann in so viele Abteilungen auf, wie Feuer auf den Hügeln ringsum brannten. Der Steuerbeamte beschloß, denjenigen anzusteuern, den Darby unter seiner Obhut hatte, denn ihm kam die Geschichte des Spähpostens viel zu real vor, um gelogen zu sein. Sie waren gerade im Begriff, sich zu trennen, um ihr jeweiliges Ziel anzusteuern, da sagt der Bursche:

„Sehen Sie, Sir! Der Teufel hol' mich, aber dort ist wirklich eine Brennblase. Ich hab' doch schon oft eine Brennblase gesehen. Die da sieht aus wie die, die Philip Hogan, der Kesselflicker, in George Steens Scheune ausgebessert hat."

„Holla, Jungs", schrie Pentland, „runter! runter! Sie kommen hier entlang und sehen uns nicht. Nein, hängt sie, nein! Jetzt haben sie uns entdeckt und machen sich Richtung Mossfield davon. Donnerwetter! Das ist ein übler Trick, wenn sie durchkommen. Der Teufel soll sie holen, sie sind auf dem Weg nach Ballagh, in meine eigene Besitzung. Ich will mich hängen lassen, wenn wir sie nicht abfangen, werde ich es sein, der die Strafe zahlen muß."

Auf der Stelle begann die Verfolgung mit einer Geschwindigkeit und Entschlossenheit, die der Findigkeit dieses einzigartigen Vergeltungaktes gegen Pentland gleichkamen. Pentland, der aufgrund ausreichender Praxis in derartigen Angelegenheiten über einen langen Atem verfügte und zudem von dem drohenden Verlust stimuliert wurde, legte einen so schönen Spurt hin, wie es ein Mann in seinem Alter nur konnte. Doch die Mühe war vergebens. Er kam lediglich so weit, um gerade noch zu sehen, wie Brennblase, Helm und Kühlschlange über den Grenzgraben auf sein Territorium gehievt wurden, und konnte anschließend darüber sinnieren, daß ihm der doppelte Trost zuteil würde, sein Leben lang als Witzfigur zu gelten und für den Spaß auch noch tief in die eigene Tasche greifen zu müsen. Zunächst mußte er aber die Brennutensilien beschlagnahmen und die Beschlagnahmung melden. Und da er selbst das betreffende Land bestellte, wurde die Strafhöhe bis zum letzten Schilling festgesetzt, was auf dem einfachen Prinzip beruhte, daß kein Mensch versucht hätte, eine Brennerei ganz in der Nähe seines Wohnsitzes und Landbesitzes zu errichten, wäre Pentland nur hinreichend aktiv und wachsam gewesen.

Dieser Trick, eine alte oder zweite Apparatur in Reserve zu haben, um den Kiebitz zu machen und den Steuereintreiber reinzulegen, wurde später oft mit Erfolg angewandt. Sein Erfinder war zweifellos Mickey M'Quade, obwohl die Ehre der Erfindung seinem Freund George Steen zugesprochen wird. Die Angelegenheit fand jedoch hiermit noch nicht ihr Ende, denn ein paar Tage später ließ ein hämischer Spaßvogel – mit anderen Worten George höchstpersönlich – Pentland eine korrekte Information zukommen, in der die Lage der Höhle und das Geheimnis des Eingangs erwähnt wurden. Dies nahm letzterer zum Anlaß, sich von einem größeren Militärtrupp als üblich begleiten zu lassen. Aber diese Entscheidung sollte ihn sich – falls dies überhaupt möglich war – in eine noch lächerlichere

Position manövrieren. In der Tat fand er an dem angegebenen Ort Spuren jüngst erfolgter Destillation, aber sonst nichts. Jedes zum Brennprozeß benötigte Gefäß und Gerät war weggeschafft worden, mit Ausnahme einer Flasche Whiskey, an der die folgende mit einem Stück Bindfaden befestigte freundliche Botschaft hing:

‚Herr Pentland, Sir – Lassen Sie diese Flasche die Ihre sein, und trinken Sie den Whiskey auf Ihre Gesundheit. Weniger können Sie nicht tun. Er wurde am ersten Tag, an dem Sie uns suchen kamen, unter Ihrer Nase gebrannt und in die Flasche gefüllt, als Sie mit dem Jungen sprachen, der Sie zum Narren gehalten hat. Da er hier unter Ihrer Nase gebrannt wurde, möge er auch am gleichen Ort getrunken werden, und vergessen Sie dabei nicht anzustoßen auf das Wohl von G.S.‘

Das Vorkommnis sprach sich in Windeseile herum und wurde überall bekannt. Lange Zeit war es in der Gemeinde *das* Gesprächsthema. Und Pentland war so stark getroffen, daß er sich nicht beherrschen konnte, wenn er gefragt wurde: „Herr Pentland, wann haben sie den kleinen George Steen gesehen?"

Eine Frage, auf die er nie eine vernünftige Antwort zu geben vermochte.

William Carleton

DER POITIN-HERSTELLER

Als er mich vor einigen Jahren unterrichtete, war er ein alter Mann kurz vor dem Ruhestand, und wenn er nach der Schule die Straßen der kleinen Stadt entlangging, hörte man die Frauen, die in ihren Türen standen und strickten oder ihre Babies hüteten, über ihn reden: „Armer Kerl, er ist fertig ... bringt sich um ... schaufelt sich sein eigenes Grab!" Mit meiner Büchertasche unterm Arm konnte ich hören, was sie sagten, verstand aber nicht, warum sie davon sprachen, er schaufele sich sein eigenes Grab, und wenn ich meine Mutter fragte, schalt sie mich: „Iß dein Mittagessen wie ein anständiger Junge und hör nicht, was die eingefleischten Verleumderinnen dieser Stadt von sich geben. Dein Vater weiß stets Gutes über Lehrer Craig zu sagen, das sollte dir genügen!"

„Aber warum sagen sie, er bringe sich selbst um?"

„Warum sagt wer was? Hab ich dir nicht gesagt, du sollst essen und nicht wiederholen, was die faulen Tratschen dieser Stadt von sich geben? Hör zu, Junge! Lehrer Craig ist ein anständiger, wohllebender Mann, ein gutmütiger Mensch, der jederzeit bereit ist, jemandem einen Dienst zu erweisen. Wäre Lehrer Craig in einer anderen Stadt, würde er seinen Dienst in der neuen Schule in der Stadtmitte verrichten, statt auf ewig in dieser kleinen, lumpigen Bude von einer Schule am Rande der Stadt ausharren zu müssen!"

Es ist wahr, die Schule war klein, eine Bruchbude mit zwei Räumen, die am Rande der Stadt unter dem letzten Laternenpfahl stand. Alle mochten wir sie. Drumherum wuchsen ein paar Bäume, in deren Stämme die Jungs ihre Namen eingeritzt hatten und die von Stiften und rostigen Reißzwecken durchlöchert waren. Im Sommer, wenn die Fenster offen standen, konnten wir hören, wie sich die Blätter aneinander rieben, und im Winter die Regentropfen an den nackten Zweigen hängen sehen.

Es war ein zugiges Gebäude, und der Lehrer beschwerte sich fortwährend über die Kälte, trug selbst im Frühherbst im Klassenzimmer seinen Mantel und rieb sich die Hände: „Jungs, es ist sehr kalt heute. Friert ihr?" Um ihm eine Freude zu bereiten, antworteten wir: „Ja, Sir, es ist furchtbar kalt." Er würde sich weiter die Hände reiben und die alten Bäume anschauen, die ihre Blätter abwarfen, oder die kaputte Regenrinne, die ihren Wasserschwall gegen das Fenster schleuderte. Er hatte stets saubere Hände und wusch sie sich dreimal täglich in einem Becken. Danach trocknete er sie an einem Rollenhandtuch, das in seinem Schrank befestigt war. Er hatte einen Haken für seinen Mantel und eine Bürste, um die Kreide loszuwerden, die sich im Laufe des Tages am Bund ablagerte.

Im feuchten, windigen Monat November wurden drei Eimer auf die Schulbänke gestellt, um die Tropfen aufzufangen, die hier und da von der Decke plumpsten, und diese Tropfen machten je nach Windrichtung eine andere Musik. Waren die Eimer voll, trug der Lehrer stets mir auf, sie zu leeren. Ich schleppte sie einzeln hinaus, kippte das Wasser in den Abfluß auf der Straße und stand eine Weile da, um auf die nassen Dächer der Stadt zu starren oder dem Regen zuzuhören, der pochend auf das Butterbrotpapier fiel, das auf dem matschigen Boden herumlag.

„Wie ist es draußen?" pflegte er mich immer zu fragen, wenn ich mit den Eimern wieder in die Klasse kam.

„Sir, es is' äußerst mies."

Er schrieb Rechenaufgaben an die Tafel und sagte mir, ich solle auf die Klasse aufpassen. Dann ging er in den Vorbau und stand dort völlig in sich gekehrt und beobachtete, wie der Regen mit den Pfützen spielte. Manchmal kam er herein, ich sah ihn seinen Hut vom Schrank stibitzen und für fünf oder zehn Minuten verschwinden. Dann kämpften wir mit Linealen und Papierfliegern, bis unser Lärm die Lehrerin im Nebenraum störte, die hereinkam und mit zusammengepreßten Lippen dastand, den Finger in ihrem Buch. Es herrschte Stille, während sie uns tadelte: „Ihr erbärmlichen, gewöhnlichen, nichtsnutzigen Gassenjungen. Wartet nur, bis Herr Craig zurückkommt. Ich werde ihm sagen, was für Engel er hat. Und ganz besondere Nachrichten werde ich ihm über *dich* mitteilen." Sie drohte mir mit ihrem Buch: „Sonntags Meßdiener und den Rest der Woche Gassenjunge!" Wir ließen sie toben, in den Eimern plingploingte es, während sie sich mit Regen füllten, und in der Zwischenzeit begann ihre eigene Klasse – jetzt, da sie weg war – zu lärmen.

Als Herr Craig zurückkam, schaute er uns an und fragte, ob wir Fräulein Lagan gestört hätten. Unser Schweigen oder unsere zerzausten Haare gaben ihm die Antwort. Er korrigierte die Rechenaufgaben an der Tafel, fächerte mit dem Daumen die Seiten eines Buches auf und hörte uns beim Vorlesen zu. Gelegentlich warf er einen raschen Blick aus dem Fenster auf den Fluß, der durch die Stadt floß, und auf die darüberliegende heruntergekommene Häuserzeile, deren eingefallene Hofmauern sich zum Flußrand neigten. „Die schönste Grafschaft Irlands ist Down!" pflegte er zu sagen, indem er seinen Arm zum Fenster, den Blechdosen und den Kalkmauern der Häuser schwang.

In jenem Dezember war er zwei Wochen krank, und wir vermißten ihn arg, bis er wieder unter uns weilte. Um die Zugluft abzuhalten, nagelte er durchbohrtes Sperrholz über die Luftlöcher und stopfte Papier zwischen die breiten Ritzen an den

Türpfosten. Dreckabdrücke von einem Ball zierten eines der Fenster, und eine Scheibe wies einen langen, sich am Ende verzweigenden Sprung auf. „Es hat also jemand den Ganges gezeichnet, während ich nicht da war", sagte er, und wann immer er auf die Geographie Indiens zu sprechen kam, wies er auf die Sprünge in der Scheibe, um uns das Gangesdelta anschaulich zu machen.

Als unser Kohlenvorrat zum Heizen aufgebraucht war, schickte er mich mit einem Eimer, einem Mantel als Regenschutz überm Kopf und Geld in der Hand in die Stadt, um Kohlen zu holen. Er gab mir jedes Mal einen Penny, damit ich mir Süßigkeiten kaufen konnte, und ich erinnere mich genau, daß er sein Geld in einer Westentasche aufbewahrte. Ich kehrte mit den Kohlen zurück, und er reichte mir ausrangierte Übungshefte, um das Feuer anzuzünden. „Chefheizer" nannte er mich. Der Name bringt mich bis zum heutigen Tag in Verlegenheit.

Zu jener Zeit war der erste Schnee gefallen. Jemand war mit leeren Kartoffelsäcken über die mit Glasscherben gespickte Mauer geklettert und hatte alle Schulkohlen gestohlen. Aus irgendeinem Grund schickte mich Herr Craig nicht mit dem Eimer los, neue zu kaufen. Der Boden war ständig naß von unseren Stiefeln und die Scheiben von unserem Atem beschlagen. Jedes Mal, wenn sich die Tür öffnete, zog ein kalter Hauch herein und verschlang die atemgewärmte Luft im Raum. Wir bewegten unsere Füße hin und her und saßen auf unseren Händen, um sie zu wärmen. Jede halbe Stunde ließ uns Herr Craig aufstehen, und während er *O'Donnell Abu* trällerte, verrichteten wir eine Reihe von Leibesübungen, die er uns beigebracht hatte. In der Aufregung und Anstrengung vergaßen wir die nassen Stiefel und den Schnee, der die Fenster bedeckte. Just dann unterrichtete er Naturwissenschaften. Und wir waren begeistert, wenn der Bunsenbrenner an den Gasarm angeschlossen wurde, der wie ein auf dem Kopf stehendes T von der Mitte der Decke hing. Der zischende Bunsen schien den Raum aufzuheizen, und wir drängten uns alle um ihn herum, bestürmten ihn, bis wir mit dem Rohrstock wieder auf unsere Plätze getrieben wurden. „Setzen!" schrie er. „Niemand hat euch gesagt, daß ihr stehen sollt. Ihr werdet auch so alle sehen können."

Die Kältewelle hielt an, und er wiederholte immer und immer

wieder eine naturwissenschaftliche Lektion, die er *Evaporation* und *Kondensation* nannte.

„Ich werde euch zeigen, wie man selbst das schmutzigste Wasser reinigt", eröffnete er uns. „Selbst das dreckigste Wasser aus dem alten Fluß könnte zu Trinkwasser aufbereitet werden." In einem länglichen Glasgefäß hatte er eine dunkelbraune Flüssigkeit. Als er mir den Rücken zukehrte, steckte ich meinen Finger hinein. Es schmeckte wie Sirup oder gebrannter Kandis. Und dann erinnerte ich mich an Pakete mit braunem Zucker und Sirupdosen, die ich in der Zeitung gesehen hatte.

Er goß ein wenig von der braunen Flüssigkeit in ein Reagenzglas und hielt es vor der Klasse in die Höhe: „Im Reagenzglas befindet sich Wasser, dem ich Farbe beigemengt und das ich verunreinigt habe. In ein paar Minuten werde ich daraus das klarste Quellwasser produzieren." Seine müden Augen funkelten, und obwohl wir darin nichts Ulkiges sehen konnten, lächelten wir, weil er lächelte. Das Reagenzglas wurde über die Flamme des Bunsenbrenners gestellt, und als die Flüssigkeit kochte, entwich der Dampf in einen langhalsigen Kolben, auf den ich mit einem Schwamm kaltes Wasser träufelte. Wir beobachteten, wie die brodelnde Flüssigkeit verdampfte und der Dampf zu Tropfen wurde, die rasch hintereinander in den Kolben tröpfelten. In der Luft hing ein Biskuitgeruch, und das einzige Geräusch war das leise Zischen des Bunsenbrenners. Draußen war es kalt, fiel Schnee. Der Lehrer drehte das Gas ab und hielt den Kolben mit dem klaren Wasser hoch.

„Kristallklar!" sagte er, und wir sahen ihm zu, wie er etwas davon in ein Trinkglas goß, dieses zwischen den zarten Fingern hielt und an seine Lippen führte. Wir schauten verwundert, wie er davon trank, dann wanderten unsere Augen zu der Dreckkruste, die sich im Reagenzglas gebildet hatte. Er zeigte mit seinem Lineal darauf: „Die Unreinheiten werden abgesondert, und wir bekommen das reinste vom reinen Wasser." Und aus irgendeinem Grund lächelte er verschmitzt. Er füllte das Reagenzglas erneut mit der dreckigen braunen Flüssigkeit und wiederholte das Experiment, bis er eine große Flasche des reinsten vom reinen Wasser hatte. Am folgenden Tag schneite es immer noch, und es war sehr kalt. Der Lehrer füllte das Reagenzglas mit der klaren Flüssigkeit, die er in der Flasche aufbewahrt hatte: „Ich erhitze sie noch einmal, um euch zu zeigen, daß keine Verunreinigungen zurück geblieben sind." Wir sahen also erneut, wie das Wasser aufstieg, zu Dampf und schließlich zu glänzenden Tröpfchen wurde. Herr Craig füllte sein Trinkglas. „Kristallklar", sagte er, da öffnete sich die Tür, und herein kam der Schulinspektor. Er war bis zu den Ohren eingepackt, Schnee bedeckte seinen Hut und seine Aktentasche. Wir starrten ihn alle an. Es war der alte, freundliche Herr, den wir schon einmal gesehen hatten. Er warf einen Blick auf den leeren Feuerrost und die geschlossenen Fenster mit ihren verschneiten Rahmen. Im Reagenzglas siedete weiter das Wasser und verbreitete seinen angenehmen Geruch.

Der Schulinspektor schüttelte Herrn Craig die Hand, und sie sprachen und lachten miteinander, während der Aufseher dann und wann einen Blick auf den leeren Rost warf und den Kopf schüttelte. Er entrollte seinen Schal und klopfte sich den Schnee von der Schulter und von seiner Aktentasche. Er schnupperte, rieb sich die kalten Hände und entnahm seiner Aktentasche ein kleines schwarzes Notizbuch. Der Schnee stob gegen die Fenster, und der Wind pfiff unter der Tür herein.

„Nun, Jungs", fuhr Herr Craig fort und hielt das Trinkglas hoch, aus dem sich ein Dampffaden in die Luft wand. Er sprach in einem seltsamen Tonfall über das Experiment zu uns, als sähen wir es zum ersten Mal. Dann nahm der Inspektor das warme Trinkglas und stellte uns Fragen zu unserem Unterrichtsstoff. „Es sollte absolut reines Wasser sein", sagte er und nippte daran. Er prüfte den Geschmack. Er nippte erneut. Er wandte sich Herrn Craig zu. Sie tuschelten, während der Inspektor das Reagenzglas anschaute, das immer noch vor sich hin blubberte und Dampfwölkchen ausspie, die zu kristallklarem Wasser kondensierten. Er lachte laut, und wir grinsten, als er das Trinkglas erneut an seine Lippen führte und es dieses Mal in einem Zug leerte. Dann stellte er uns weitere Fragen und brachte uns bei, wie wir, falls wir schiffbrüchig würden, aus dem salzigen Meerwasser sauberes Trinkwasser machen könnten.

Herr Craig drehte das Feuer des Bunsenbrenners ab. Dann sprach der Inspektor mit ihm. Der Lehrer füllte das Trinkglas des Inspektors und goß sich selbst etwas in eine Tasse. Dann scherzte der Inspektor mit uns, hörte uns beim Singen zu und lobte, wir seien die beste Klasse in ganz Irland. Dann hieß er uns ein paar Aufgaben aus dem Rechenbuch lösen. Er steckte die Hände in die Taschen und klimperte mit seinem Geld, rieb sich an der atembeschlagenen Fensterscheibe ein kleines Guckloch und genoß die schönste Aussicht Irlands. Er sprach erneut mit Herrn Craig, sie schüttelten sich die Hände und lachten. Der Schulinspektor sah auf die Uhr. Unsere Klasse durfte früher nach draußen, und während ich drinnen blieb, um die Chemieapparatur zu reinigen, gab mir der Lehrer eine leere Sirupdose, die ich in den Abfalleimer werfen sollte, und trug mir auf, die Tasche des Inspektors zum Bahnhof hinaufzutragen. Ich erinnere mich sehr gut an diesen Tag, wie ich hinter den beiden durch den Schnee stapfte, die Aktentasche trug, und wie laut die beiden miteinander sprachen und lachten, während der Schnee kalt vom Fluß herüberwirbelte. Ich erinnere mich, wie sie sich dicht aneinanderdrängten, um ihre Zigaretten anzuzünden, wie ein Streichholz nach dem anderen auf die Straße geworfen wurde und wie sie mit den unangezündeten Zigaretten im Mund weitergingen. Am Bahnhof entnahm Herr Craig seiner Westentasche einen Penny, und als er ihn mir geben wollte, fiel er in den Schnee. Ich hob ihn auf, und er sagte, ich sei der beste Junge in ganz Irland ...

Als ich letzte Woche von seiner Beerdigung kam – Gott sei ihm gnädig –, rief ich mir diesen Wintertag wieder ins Gedächtnis. Mir fiel ein, wie sich der kalte Penny angefühlt hatte und wieviel mehr als damals ich mittlerweile über Herrn Craig wußte. Auf meinem Weg aus der Stadt, in der ich nicht mehr lebe, kam ich an der Schule vorbei und sah, daß das Dach neu gedeckt war und eine Metallsperre nahe der Tür die nach Hause gehenden Kinder davon abhielt, überstürzt auf die Straße zu rennen. Ich wußte, ich würde rostige Reißnägel im rauhen Fleisch der Bäume sehen, wenn ich sie mir anschaute. Aber ich ging daran vorbei. Ich hörte, daß in der Schule jetzt ein junger Lehrer unterrichtete, der eine ganzen Batterie Farbstifte in seiner Brusttasche trug.

Michael McLaverty
(Aus: »The Game-cock and Other Stories«)

124

Da war einmal dieser Mann, der brachte eine Ladung auf einem Karren von Cork nach Macroom, die muß eine Tonne gewogen haben. Und er sah, daß sein Pferd, ein spanisches Pony, es nicht schaffte. Er wollte aber abends in Macroom sein. Nun, er hatte eine Flasche Poitín dabei, deren Inhalt er dem Pferd verabreichte, das daraufhin für ein Stück des Weges so lebendig war, wie es nur sein konnte. Doch da legte sich – just als er östlich von Macroom war – das Pferd nieder und gab den Löffel ab. Jedenfalls dachten sie, es sei tot. Egal, was sie unternahmen, es rührte sich nicht mehr. Einer der Männer, die bei ihm waren, sagte, sie sollten das Beste daraus machen. Wenn sie das Pferd enthäuteten, könnten sie die Haut in Macroom verkaufen. Sie machten sich also ans Werk und enthäuteten es. Und siehe da, als sie damit fertig waren, bewegte es sich. Es war überhaupt nicht tot, sondern nur sturzbesoffen vom Poitín. Die Kälte hatte es zittern lassen, als die Haut abgezogen war.

Sie steckten in einer furchtbaren Klemme, denn die Haut war im Begriff, steif zu werden. Einer der Männer hatte jedoch eine Idee. Auf einer Wiese in der Nähe grasten Schafe. Sie sprangen über die Mauer und töteten derer vier, enthäuteten sie und nähten dem Pferd die warmen Häute an. Das stand nach diesem Exzeß auf und zog so gut wie eh und je. Der Mann selbst pflegte nach diesem Vorfall das Pferd zweimal jährlich zu scheren, und du hättest sein großartiges Fell sehen sollen. Es lebte noch weitere vierzehn Jahre und wurde zweimal pro Jahr geschoren. Ah! Eine Lüge, in drei Teufels Namen? Aber ich habe doch oft mit dem Sohn des Mannes gesprochen, dem es gehörte!
(*Aus: Eric Cross, »The Tailor and Ansty«.* Mir wurde aber die gleiche Geschichte in der nördlichen Grafschaft Fermanagh und der westlichen Grafschaft Leitrim erzählt.)

KAPITEL 6

Poitín und legaler Whiskey

Geht man, während ich dies hier schreibe, in einen Spirituosenladen und kauft eine Flasche ‚Scotch‘ oder ‚Irish‘, zahlt man ungefähr £4.40. Davon sind £3.16 Alkoholsteuer, 25 Pence Mehrwertsteuer, 58 Pence Handelsspanne. Es verbleiben also für die Herstellung der Flasche und ihren Inhalt – 12 Pence. richtig, es kostet lediglich 12 Pence, eine Flasche fast aller Markenwhisk(e)ys herzustellen. Der Rest ist Steuer und Profit, in diesem Fall aber hauptsächlich Steuer. Was also bekommt man für sein Geld?

Zunächst ist es wichtig, zwischen *Malt* und *Grain Whisky* zu unterscheiden. Malt Whisky wird traditionell in Schottland in *pot stills* gebrannt, die den Brennblasen ähneln, die zur Herstellung von Cognac dienen. Er ist eine einzigartige Mischung aus Malz, Wasser, schottischer Erfahrung und Fachtüchtigkeit. Man bezahlt mehr für Malt Whisky, aber das ist er dem Kenner wert. Der beste schottische Malt Whisky gehört zu den besten Whiskys der Welt.

Grain Whisky hingegen macht 90% des Whiskymarktes aus. Hierzu zählen die bekannten Marken wie Teachers, Haig, Johnny Walker, Black and White etc. wie auch die ‚Schnäppchen‘-Whiskys, die in den Spirituosenläden mit erstaunlicher Regelmäßigkeit auftauchen und wieder verschwinden. Diese sind ein Produkt der industriellen Revolution und werden in kontinuierlichen Destilliervorgängen hergestellt, die denen gleichen, in denen industrieller Alkohol und Terpentin produziert werden. Whisky wird überall gebrannt. Viel, das ist wohl wahr, stammt aus den schottischen Lowlands, aber ebensoviel wird in Bermondsey in London und an anderen ‚Sassenach‘-Orten gepanscht. Alle Whiskys enthalten Pentanol, da immer wenigstens ein bißchen Malz benötigt wird, um den Fermentationsprozeß in Gang zu bringen. Aufgrund einer obskuren Gerichtsentscheidung von 1909 befand eine Königliche Kommission im gleichen Jahr, daß Grain Whisky, der nur drei Jahre Reifung braucht im Gegensatz zum Malt Whisky, der acht

Jahre reifen muß, dennoch ‚Scotch' getauft werden durfte. Dem Konsumenten mußte auch nicht der – im allgemeinen geringe – Malzanteil angegeben werden. Die Schleusentore waren damit geöffnet.

Der in traditionellen *pot stills* hergestellte Malt Whisky zeichnet sich in Geschmack und Farbe durch ‚Unreinheiten' aus. Diese machen den echten Highland Malt Whisky so gut. Grain Whisky hingegen ist eigentlich farblos. Daher wird ein wenig Malz beigegeben, um den Geschmack zu verbessern, und Karamel, um ihm Farbe zu verleihen. Deshalb auch die Werbesprüche, die Alter suggerieren sollen, wie etwa ‚Johnny Walker, geboren 1820 und immer noch stark'. Das wäre bemerkenswert, waren doch 1820 Blended Whiskys noch gar nicht erfunden. Tatsache ist, daß DCL (Distillers Company Ltd), die den Löwenanteil des britischen Whiskymarkts kontrollieren, von einem John Walker in Scotland einen Krämerladen gekauft hatte, der 1820 gegründet worden war und auch Whisky verkaufte. Es ist interessant, wenn auch wenig überraschend, daß DCL sich stets geweigert hat, den Inhalt einer Flasche ihres verschnittenen ‚Scotch' bekanntzugeben. In den dreißiger Jahren waren Schätzungen zufolge mindestens 50% aller Markenwhiskys Malt Whiskys. Heute ist das anders. Die Zuwachsraten des Scotch-Verkaufes hatten zur Folge, daß immer weniger Malt Whisky produziert wurde. 1977 hatte der Whisky mit dem schnellsten Verkaufszuwachs, MacArthurs, einen so geringen Pentanol-Anteil, daß er als 90% ‚Grain' angesehen werden sollte.

So etwas ist weder für den Zoll noch für den Schatzkanzler von Belang. Die interessiert keine Qualitätskontrolle, sondern nur Profit. Jeder, der in Schottland £15.75 für eine Lizenz berappt und der Steuerbehörde die geforderte hohe Abgabe entrichtet, ist berechtigt, den abscheulichsten Fusel zusammenzubrauen, in Flaschen mit Schottenmustern, Disteln und Felltaschen zu füllen und ihn den arglosen und ahnungslosen Kunden aufzudrängen. Das führt uns wieder zum Poitín, denn wie Sie, liebe Leserinnen und Leser, gesehen haben werden, ist der Grund, warum das Gesetz sagt, man könne den ‚Bergtau' nicht trinken, nicht in der Besorgnis des Staates über Ihre Gesundheit, sondern in der Gier nach immer mehr Steuern zu

128

suchen. Da der Poitín-Hersteller eine unabhängige Seele ist, die sich weigert, der Regierung riesige Geldsummen zu überlassen, muß er unterdrückt werden. So geht der Kampf weiter.

Denn Whisky ist natürlich *Big Business*. Seit Jahren ist Whisky ein wichtiger Exportartikel. 1976 wurde Scotch im Werte von £ 436.000.000 exportiert, und in der ersten Hälfte des Jahres 1977 wurde ein Zuwachs von 22% verzeichnet. Der größte Teil des in Schottland und Nordirland (Bushmills und Coleraine) hergestellten Whiskys wird nach Übersee, hauptsächlich in die USA und nach Japan verkauft. Die Exporterlöse decken spielend die Importe von Wein und Spirituosen.

POITIN – DER WIRKLICHE STOFF?

Was – im Vergleich zu Whiskey – ist Poitín? Diese Frage ist schwer zu beantworten. Als ich an diesem Buch zu arbeiten begonnen habe, dachte ich, Poitín könne nur aus Malz oder Gerste hergestellt werden. Alles andere wäre eine schlechte Imitation – Badewannengin. Jetzt weiß ich, daß ich mich geirrt habe. Das Wort *poitín* heißt nichts anderes als ‚ein kleiner Pott‘. In Irland hat mit der Zeit ein Bedeutungswandel stattgefunden und jetzt wird mit Poitín eine starke, farblose Spirituose bezeichnet, deren Geschmack dem von Whiskey nicht unähnlich ist und die illegal und unter eigener Steuerbefreiung hergestellt wird. Im 18. und 19. Jahrhundert war Gerste, die es reichlich gab, der wesentliche Rohstoff, aber selbst zu der damaligen Zeit gab es Dutzende verschiedener Rezepte, und in Zeiten, da Gerste rar war, wurden Ersatzstoffe verwendet. Heute wird Gerste nur von ganz wenigen der Poitín-Hersteller, die ich traf, verwendet. Jedes Gebiet kennt sein eigenes Rezept mit Malz oder Zucker, Sirup, Rüben oder Kartoffeln, je nach Marktpreis und Verfügbarkeit der bevorzugten Grundstoffe. Die Einführung von Gas als Heizmittel hat ebenfalls zu einer Veränderung der Verfahrenstechnik der Poitín-Herstellung geführt, wenn aber große Sorgfalt und Aufmerksamkeit walten, ist aus Malz oder Rüben, Sirup oder Melasse gebrannter Poitín so gut wie der aus Gerste. Eine Kommerzialisierung findet natürlich nicht statt. Touristen, die ein hübsches irisches

Martyn Turner / Irish Times

Souvenir suchen, wird schon mal Fusel angedreht und erzählt, es handele sich um ‚einen Tropfen des richtigen Stoffs'. Die einzigen höchstwahrscheinlich wirklich darin enthaltenen Stoffe sind Parazon oder Kupfervitriol.

Aber das ist nichts Neues. Im 18. Jahrhundert, als sich in vielen Gegenden in jedem zweiten Haus eine Destille befand, war im allgemeinen die Qualität zweifellos hoch, waren doch die Schwarzbrenner selbst die besten Abnehmer ihres Poitín. Als aber die Zahl der Brennblasen sank und der Gesetzgeber das Recht einschränkte, sich einen guten Tropfen zu bereiten, begannen mehr und mehr Leute, ihr Schlückchen beim örtlichen Poitín-Hersteller zu kaufen, statt den Ärger und das Risiko einzugehen, ihn selbst zu brennen. Beschwerden über „schlechte Flaschen" häuften sich. In kleinen isolierten Gemeinden, in denen jeder jeden kennt, ist der Druck auf den Poitín-Hersteller, stets hochwertigen Stoff zu liefern, natürlich groß. Wenn aber Transport- und Kommunikationswege eine Gegend der Außenwelt öffnen und Fremde kommen, gibt es immer Leute, die diese als Freiwild ansehen. So wird es immer sein. Besonders bei Poitín gilt die alte Floskel ‚Haftung ausgeschlossen'. Mancher Poitín, den ich im Verlauf der Niederschrift dieses Werkes probiert habe, war weicher und wohlschmeckender als mancher Parlamentswhiskey, den ich gekostet habe. Anderer war in etwa gleich, und der eine oder andere war schlichtweg Fusel. Probier es selber – und such dir einen verläßlichen Lieferanten.

Das führt mich zu der Frage, ob Poitín legalisiert werden sollte oder nicht. In dem Abschnitt über Connemara führt der Comharchumann Cois Fharraige (was übersetzt soviel heißt wie Kooperative nahe am Meer) die Gründe an, warum er legalisiert werden sollte. Ich bin allerdings dagegen. Gewiß ist es schänlich, daß die Regierung, egal welche, irgendwem vorschreiben will, daß er sich keinen Drink herstellen kann, wenn er es möchte. Alle Gesetze gegen das Brauen und Brennen in den eigenen vier Wänden sollten aufgehoben werden. Die Regierungsbehauptungen, diese Gesetze dienten dem Schutze der Gesundheit der Bevölkerung, klingen hohl, wenn wir uns anschauen, wieviel Steuern durch den Zigaretten- und Alkoholverkauf eingenommen werden. Regierungen sind auch nicht besonders auf Qualitätskontrollen erpicht, wo es ihnen opportun erscheint,

Touristen trinken Poitín. Diese furchtlosen britischen Herren müssen die Einwohner völlig aus der Fassung gebracht haben, die ihnen wahrscheinlich die Singlings zu trinken gegeben hatten. (Welch Collection, Ulster Museum)

Cookstown, Tyron, wo einem örtlichen Arzt zufolge die „Atmosphäre mit Äther gesättigt" war. Das Foto wurde um die Jahrhundertwende gemacht, als die Stadt noch eine „infizierte Gegend" gewesen sein könnte. (Green Collection, Ulster Folk Museum)

wenn aber die Kooperative aus Connemara von der Legalisierung von Poitín spricht, denkt sie nur an ihre eigene Legiti-
mierung. Würde die Poitín-Herstellung als *cottage industry* in
Connemara legalisiert, würden in der Grafschaft notwendiger-
weise ein paar Arbeitsplätze geschaffen, ich bezweifle aber, daß
es 1.000 sein werden, wie Herr Lally behauptet. Dafür tauchten
aber auch ein paar Probleme auf. Gegenwärtig ist der Ver-
kaufsantrieb der Preis von ungefähr £2 die Flasche. Da keine
Steuern gezahlt werden, erzielt der Hersteller einen großen
Gewinn, und der Konsument macht ein Schnäppchen. Würde
Poitín legalisiert, wären erhebliche Kapitalinvestitionen vonnöten, denn ich glaube kaum, daß die großen Destillateure es der
Regierung gestatten würden, die Poitín-Industrie zu verstaatli-
chen. Poitín würde mit dem gleichen Prozentsatz besteuert wie
gewöhnlicher Whiskey und könnte wegen der höheren Kosten,
sich auf dem Markt überhaupt erst zu etablieren, nicht zum gleichen Preis verkauft werden. Das Hauptbestreben würde vermutlich darin liegen, sich einen Exportmarkt zu schaffen. Die
Leute vor Ort könnten es sich nicht leisten, ihre eigenen
Produkte zu kaufen, was würden sie also tun? Sich wieder in
die Berge aufmachen und erneut schwarzbrennen.

Die Gierigen haben ihre Nase überall. Der Markenname
Poitín ist geschützt worden, der ‚Stoff‘ aber ist immer auf dem
Boden der Illegalität entstanden, und es wird, so hoffe ich,
immer unerschrockene Menschen geben, denen es Spaß macht,
dem Steuereintreiber eins auszuwischen.

Eine kurze Anmerkung zur Normalstärke

Die *Proof*-Angabe auf einer Flasche verwirrt häufig die Leute.
Das ist kaum verwunderlich. Sie soll es auch. Bevor ein Herr
Sikes und Steuereintreiber das Hydrometer erfunden haben,
wurde *proof* eher Pi mal Daumen gemessen. Man tränkte etwas
Schwarzpulver mit dem Destillat, das geprüft werden sollte.
Dann wurde ein Streichholz an das feuchte Häufchen gehalten.
Konnte die Mischung noch zur Explosion gebracht werden, war
dies der Beweis für einen hohen Alkoholgehalt des Destillats,
das man daraufhin als *proof* bezeichnete. War die Mixtur zu

schwach, schwelte das Schwarzpulver nur, war sie zu stark, konnte dir dein dämlicher Kopf weggeblasen werden. Soviel zur Qualitätskontrolle in der guten, alten Zeit.

Seit Sikes und seinem Hydrometer verfügen wir über weitaus wissenschaftlichere Definitionen und Tests. So heißt es in Beamtenkauderwelsch:

„Destillate sollen als *proof* bezeichnet werden, wenn das Volumen des darin enthaltenen Äthylalkohols, mit destilliertem Wasser auf das Volumen der Destillate gebracht, ein Gewicht hat, das einem Zwölftel oder Dreizehntel eines Volumens von destilliertem Wasser im Vergleich mit dem Volumen von Destillaten entspricht, wobei das Volumen jeder Flüssigkeit bei 51% Fa festgelegt wird."

Falls Sie es noch nicht verstanden haben: Das bedeutet, $100°$ Proof auf einem Etikett stehen für einen Alkoholgehalt von 57,06% nach Volumen oder 48,24% nach Gewicht gemessen. In Großbritannien ist immer noch dieses drollige Maßsystem üblich, während die Europäer und US-Amerikaner sich jeweils anderer Systeme bedienen. Das vernünftigste ist das französische Gay-Lussac-System, wonach $40°$ auf einem französischen Etikett 40% Alkohol bedeuten. Die Amerikaner, deren Gallone ebenfalls weniger ist, verdoppeln diese Zahl, $80°$ auf einer Bourbon-Flasche bedeutet also, daß es sich um 40%igen Alkohol handelt. Die einfachste Methode, englische Proofgrade in Alkoholprozente umzurechnen, ist die Multiplikation mit vier und die anschließende Division durch sieben. Im allgemeinen ist in Großbritannien der Alkoholgehalt auf Flaschen mit $70°$ Proof ausgewiesen, was einem Anteil an reinem Alkohol von 40% entspricht.

KAPITEL 7

Nebenprodukte des Poitín

Poitín ist ein Produkt mit vielfältigen Anwendungsmög-
lichkeiten. Im letzten Jahrhundert kamen ein paar erfindungs-
reiche Menschen auf eine ungewöhnliche Nutzungsart. Es war
seit langem üblich, die *singlings*, die Destillate des ersten
Brenndurchlaufs, die strengschmeckend, sehr stark und nahezu
ungenießbar sind, an Leute zu verkaufen, die Verstauchungen,
Stoß- und Schnittwunden hatten. Man glaubte, man müsse die
singlings nur einreiben und die Schmerzen verschwänden wie
durch ein Wunder. Nach mehrmaligem Brenndurchlauf wurden
die ausgelaugten Getreiderückstände als Viehfutter an Farmer
verkauft. Die Kühe mochten das Zeug und gediehen prächtig.
Im Jahre 1854 geriet denn auch ein Mann automatisch in den
Verdacht der Schwarzbrennerei, der eine in Fleisch und Milch
hervorragend entwickelte Kuh auf einem Markt in Donegal verkaufen wollte. Die Praxis, die Getreiderückstände an das Vieh
zu verfüttern, existiert bis zum heutigen Tag. In den fünfziger
Jahren des letzten Jahrhunderts wurde eine neue und seltsame
Nutzungsart für Poitín entdeckt. Im Raum Cookstown in
Tyrone, einer Grafschaft, die für Poitín bekannt war, wurde er
an verwegene, gewissenlose Männer verkauft, die das Destillat
mit Schwefelsäure versetzten. In einer Destillierblase wurde aus
dieser augenscheinlich furchtbaren Mixtur Äther. Das Trinken
von Äther war ein ausschließlich auf Ulster beschränktes Phänomen. Um genauer zu sein, das ‚Infektionsgebiet‘, wie es vom
Sonderausschuß für Britische und Ausländische Spirituosen
1891 definiert wurde, erstreckte sich von Pettigo im Westen
nach Strabane hinauf, hinüber nach Dungiven und Kilrea,
südlich nach Toomebridge, zum Lough Shore bis nach
Portadown und von da wieder westlich nach Lisbellaw. In diesem Gebiet gab es zwischen 1850 und 1900 schätzungsweise
50.000 ‚Ätheromanen‘, d. h. jeder achte Einwohner trank Äther.
Der jährliche Gesamtkonsum belief sich auf 17.000 Gallonen
Äther. In einigen örtlichen Shebeens gab es überhaupt nichts
anderes, in anderen stand Äther neben Poitín oder sogar

Parlamentswhiskey. Die Apotheker und Krämer verkauften ihn pintweise und verfügten über eine große Kundschaft. Laut einem ortsansässigen Arzt „waren Cookstown und Moneymore in eine Ätherwolke gehüllt". Um Draperstown herum fiel einem zu Besuch weilenden Wundarzt „der vertraute Geruch" auf. *The Times* behauptete 1871, an Markttagen rieche es nicht nach Schweinen, Tabak oder ungewaschenen menschlichen Lebewesen, sondern nach Äther. Selbst das Bankgebäude ‚dampfte' vor Äther, während sein Geruch im Bahnhof von Derry „abstoßend und widerwärtig" wirkte.

Äther ist ein ziemlich ekelhaftes Zeug. Warum erfreute er sich dennoch so großer Beliebtheit? Ken Connell hat in seinem exzellenten Essay das Ritual des Äthertrinkens beschrieben: „Äther, der sich bei Körpertemperatur verflüchtigt, wird oft schon bei Berührung mit Mund oder Magen zu Gas, und da dies den Magen irritiert, ist die Wahrscheinlichkeit des Erbrechens groß. Es wurde allerdings ein Ritual entwickelt, das es dem Trinkenden ermöglichte, genug von dieser so leicht entweichenden Flüssigkeit bei sich zu behalten, um die angenehme Wirkung zu genießen. Nach dem Ausspülen des Mundes mit kaltem Wasser wurde ein Schlückchen Wasser getrunken, die Nase zugehalten und schnell der Äther und danach mehr Wasser hinuntergekippt. Das Wasser linderte das Brennen, die zugehaltene Nase minderte das Risiko des Erbrechens."

Die Dosierung variierte offensichtlich. Jungen Mädchen wurde angeraten, nicht mehr als einen Teelöffel zu nehmen, während trinkfeste männliche ‚Ätheromanen' die in einen Eierbecher passende Menge schlucken konnten.

Bis zu einem viertel Liter pro Tag wurde so konsumiert, an Tagen, an denen es hoch her ging, auch ein halber Liter. Für Anfänger war es – wen wundert es? – zunächst sehr unangenehm. Die Augen tränten, der Magen brannte, und die Wahrscheinlichkeit, daß der Ätherneuling sich erbrechen mußte, war besonders groß. Welche Freuden erwarteten einen aber, wenn man durchhielt?

Glaubt man dem *Times*-Reporter, der offenbar mehr an Äther interessiert war, als es die professionelle Abgeklärtheit normalerweise erwarten ließe, „wurde nach ein paar Minuten der Pulsschlag stärker, das Gesicht rot, man wurde ruhig und entspannt und wähnte sich im Paradies." Sorgen verschwanden in „fröhlicher Hochstimmung, die Augen glänzten voller Glückseligkeit, man hörte überall Musik." Offensichtlich wurde hin und wieder auch ein wenig halluziniert. Aus der Grafschaft Tyrone ist überliefert, daß man „häufig Männer Wände hochklettern und über das Dach laufen sah". Schon ein Trip, das! Lüsterne Menschen vom Kontinent, die ebenfalls eine Weile auf Äther standen, den man dort sogar in Pastillenform bekam, behaupteten, er wirke wie ein Aphrodisiakum, aber der mehr bedachtsame und rationale Paddy und seine Frau hatten keine Zeit für solch erotischen Unfug. Sie sahen lediglich kleine Männlein Wände hochkriechen.

Dieser ‚Trip' dauerte nur ungefähr zwanzig Minuten. Danach kehrte der Trinker in die Realität zurück, nüchtern und ohne einen Kater. Frau und Mann konnten also ein halbes Dutzend Mal am Tag besoffen sein, ohne daß die Taschen leer waren oder der Schädel brummte. Wegen des niedrigen Preises, der bei etwa einem Penny pro Eßlöffel lag, konnte ein Trinker sich – wie die *Times* bemerkte – für drei Pence „einen wunderschönen Tag" machen. Es wurde behauptet, das Äthertrinken sei eine römisch-katholische Unart, und einige sagten gar, man könne am Atemgeruch erkennen, welche Religion ein Mensch habe. Das erinnert an einen gewissen politisch reaktionären Klerus von heute, entspricht aber nicht ganz der Wahrheit. Im ‚Infektionsgebiet' war so mancher gute ‚loyale' Protestant samt Gattin einem Schlückchen Äther ganz und gar nicht abgeneigt. Es war zunächst jedoch die katholische Kirche, die dem Äthertrinken ein Ende bereiten wollte. 1869 wurde das Äthertrinken „durch den Priester von Maghera verteufelt", doch scheinbar ohne oder mit wenig Erfolg, hören wir doch, daß Rev. Edward Callen, der katholische Kurat von Granahan, es 1889 seinen Schäfchen immer noch verbieten mußte. Später gingen er und seine klerikalen Kumpane so weit, den gesamten Äthervorrat in Draperstown aufzukaufen und – vermutlich mit Verlust – an den Lieferanten zurückzuverkaufen, in einem vergeblichen Versuch, den Ätheromanen ihren Tropfen vorzuenthalten. Bald darauf wurde das Äthertrinken eine Reservatsünde.

Seinen Ursprung scheint das Äthertrinken in der Region Draperstown zu haben, wo ein arbeitsloser und alkoholabhängiger Arzt, der ihn an sich selbst getestet hatte, einigen Nachbarn mit der Behauptung, er beuge Cholera und ähnlichen Krankheiten vor, empfahl, seinem Beispiel zu folgen und ebenfalls Äther zu trinken. Derartige Eigenschaften hat Äther natürlich nicht, aber in den Spalten der Zeitung *The Lancet* wurde gleichwohl eine heftige Diskussion über seine guten wie schädlichen Wirkungen ausgetragen. Trotz der Horrorgeschichten, die über Äther im Umlauf waren und ihren Ursprung in Kirchen- oder Temperenzlerkreisen hatten, hieß es in *The Lancet* 1890, daß „Äther nicht sonderlich süchtig macht und verglichen mit Alkohol ein relativ harmloses Gift ist. Die durch regelmäßigen Konsum verursachten organischen Krankheiten sind im Verhältnis zu den Verheerungen, die Alkohol anrichtet, unbedeutend." Es scheint also, als seien die Geschichten von Ätheromanen, die mit Anfang vierzig „ausgemergelte, erschöpfte, klapprige alte Männer, arg mitgenommene und einsame Kerle sind, die an den Rand der Existenz geschleudert wurden, hoffnungslose und verzweifelte Wracks", wie ein Geistlicher sich ausdrückte, – gelinde gesagt – etwas übertrieben.

Es bestand beim Äthertrinken jedoch eine sehr reale Gefahr: Feuer. Der Äther konnte einen töten oder zerreißen, wenn man nicht sofort rülpste, nachdem man ihn geschluckt hatte, da die explosionsartige Verflüchtigung Herzversagen verursachen konnte. Rülpsen war nicht sonderlich schwer, wenn man aber unter Äthereinfluß unbedacht war und in der Nähe eines offenen Feuers rülpste, konnten die durch Vermischung von Ätherdunst und Luft entstehenden Flammen einem den Schlund hinunterwandern. Connell zitiert einen Farmer aus Bellaghy, der gesehen hatte, wie sein Freund sich die Pfeife an- und dabei auch seinen Atem entzündete. „Sein Atem fing Feuer, das sich nach innen ausbreitete, und wäre da nicht der Mann gewesen, der gerade einen Wasserkrug und etwas Poitín in die Küche trug, hätte er sein Leben verloren. Wir hielten ihn sofort, so schnell wir konnten, nieder und gossen ihm Wasser in den Hals." Wie gut, daß sie ihm nicht stattdessen den Poitín verabreicht haben! Manchmal wurden Trinker mit nahezu tödlichen, beim Äthergenuß entstandenen Verbrennungen in das Armenhaus von Crookstown gebracht, und ein Armenfürsorger berichtete einer Untersuchungskommission 1891 von einer Ätherexplosion in einem Laden der Ortschaft, durch die vier Menschen getötet wurden.

Obwohl er tödlich wirken konnte, wurde Äther weiterhin getrunken, während in der Region die Popularität von Poitín aufgrund der kirchlichen Temperenzkampagne sank. Es waren aber nicht die Kirchen, die der Praxis ein Ende bereiteten, sondern das Gesetz. (Während der Temperenzkampagne von Father Theobald Mathew in den vierziger und fünfziger Jahren des letzten Jahrhunderts gelobten tatsächlich viele, dem Poitín und Parlamentswhiskey zu entsagen, steigerten aber ihren Ätherkonsum – „ist ja schließlich kein Alkohol".)

1890 wurde Äther nach dem Giftgesetz von 1870 verboten, und der legale Handel sank über Nacht drastisch. Auf dem Schwarzmarkt gab es weiterhin Äther oder Poitín, allerdings zu überhöhten Preisen. Der Handel lebte jedoch fort, und 1923 räumte das nordirische Innenministerium ein, der Genuß sei „in einigen Gebieten weit verbreitet". Der *Intoxicating Liquor and Licensing Act* (Northern Ireland) von 1927 bereitete dieser bizarren Trinkgewohnheit ein Ende. Harte Trinker konnten immer noch Methylalkohol oder auch Pennydrunk (in Milch aufsprudelndes Leuchtgas) trinken oder inhalieren oder Schuhwichse mit heißem Wasser verrühren und durch eine Brotscheibe filtern, aber eine Ära war zuende. Die lizensierte Destillation hatte sich mit tatkräftiger Unterstützung der Regierung durchgesetzt. Nur der bescheidene Poitín-Hersteller macht weiter, irgendwo draußen im Nebel.

KAPITEL 8

Das alte Handwerk lebt

Als Gardai in ein Wohnhaus eindrangen, fanden sie 30 Gallonen ‚Würze‘, die in einem mit einer Heizdecke bedeckten Faß köchelte. Dies wurde Richter McGahon gestern im Gericht zu Crossmolina, Grafschaft Mayo, berichtet. Geoffrey Fair, Erris Street, Crossmolina, wurden acht Vergehen im Zusammenhang mit Schwarzbrennen vorgeworfen. Er wurde wegen Besitzes von einem halben Liter Poitín und einer Brennblase zu jeweils einer Strafe von 100 Pfund verurteilt. Die anderen Vorwürfe wurden fallengelassen.

Die Anschuldigung gegen Seamus Dolan, Enniscoe, Crossmolina, anwesend gewesen zu sein, während schwarz gebrannt wurde, wurde ebenfalls fallengelassen.

Der Polizeichef Daniel Kennedy sagte, am 12. Dezember hätten Sergeant Sharkey und Garda Dunlea das Haus des Beschuldigten durchsucht und Poitín in Flaschen gefunden. In einem Raum im Obergeschoß fanden sie ein Holzfaß mit 30 Gallonen Würze, das mit einer eingeschalteten Heizdecke bedeckt war.

Die Würze befand sich in einem fortgeschrittenen Stadium der Fermentation und köchelte. Fair erklärte, das Faß werde zum Salzen eines Schweines benutzt, das er geschlachtet habe.

Als sie das Obergeschoß weiter durchsuchten, fanden sie den bekleideten Dolan in einem Bett. Er schien sehr unter den Nachwirkungen heftigen Alkoholgenusses zu leiden.

Sergeant Sharkey sagte, überall hätten Flaschen gelegen, und ein Kontroll-Lämpchen habe seine Aufmerksamkeit auf die Heizdecke gelenkt.

Irish Press

Es gibt immer noch Leute, die sich daran erinnern können, wie in den zwanziger und dreißiger Jahren Poitín hergestellt wurde, so zum Beispiel Willie McKeever aus Crooskey bei Ahoghill. Er und seine Nachbarn brannten nahezu ein halbes Jahrhundert *wee still*, wie Poitín dort genannt wird. Er erinnert sich, wie die

143

altmodische Kühlschlange auszusterben begann und durch den moderneren Kondensator ersetzt wurde. „Es gab verschiedene Kühlschlangen", erzählt er, „ich erinnere mich gut, 1920 bei Nachbarn einen *chair worm* gesehen zu haben. Der sah so aus

und die Verbindungsstücke waren etwa sechs Inches lang. Damals waren Kondensatoren der letzte Schrei. Wir stellten sie gewöhnlich aus drei alten Sprühtornistern her, wenn ein Kesselflicker uns keinen herstellen konnte. Aber diese Destilliergeräte waren kurzlebig, wissen Sie. Sie liefen an, und dies beeinträchtigte den Geschmack, und man mußte sich ein neues besorgen. In jenen Tagen haben alle Farmer hier *wee still* hergestellt, aber alle waren überaus vorsichtig. Alle fürchteten, erwischt zu werden." Von der RUC nämlich. „Ich selbst bin nie erwischt worden, war aber zwei Mal nah dran. Einmal war ich mit ein paar anderen oben im Moor *wee still* brennen. Auch dieser große Schmied war dabei. Er sollte Schmiere stehen. Die Fässer verbargen wir im Moor. Das war so etwa 1930. Nun, der Kerl hatte nichts anderes zu tun, als etwas von der Würze zu trinken, und natürlich kippte er von den Beinen, und zwei von den Jungs mußten ihn durch den Nebel nach Hause schleppen. Wir waren nur noch zu zweit, mitten in der Nacht im Moor, und der Brennapparat arbeitete volles Rohr, als ich den Gummigeruch ihrer Mäntel schnupperte. Diesen Geruch werd' ich nie vergessen. Zwei große RUC-Typen, und ich sah diese große Hand am Grabenrand. Aber ich roch zuerst ihre Mäntel, und wir hauten ab, sprangen durchs Moor und über Gräben. Wir verloren unseren Brennapparat und ungefähr vier Gallonen *wee still*, aber sie haben uns nie geschnappt. Wir fanden später heraus, daß sie die Stelle drei Tage lang beobachtet hatten, nachdem sie einer Torfspur gefolgt waren, die wir hinterlassen hatten, weil ein Torfsack ein Loch hatte, den wir beim letzten Mal, als wir den Ort nutzten, hinaufgeschleppt hatten. Wir haben alle Spuren beseitigt, nachdem wir eine Nacht im Torf verbracht hatten, müssen die Torfspur aber übersehen haben.

Wir brannten hervorragenden Stoff. 60 Kilo Sirup, 3 ½ Pfund Hefe ergaben 4 bis 4 ½ Gallonen. Brauner Rohrzucker war auch

Der König der Glens, der späte Mick McIlhatten. (Crosskey Inn)

gut, sofern man ihn bekommen konnte. Ein halber Liter *wee still* wurde für 12 Schillinge verkauft, man mußte allerdings vorsichtig sein, an wen man verkaufte und von wem man den Sirup kaufte. Es sind Leute erwischt worden, weil der Krämer es meldete, wenn jemand eine größere Menge Sirup oder Zucker kaufte. Man bekam drei bis sechs Monate, wenn man erwischt wurde. Zu jedem, der brannte, pflegte ich zu sagen, wenn sich Spinnweben um den Whiskey bilden, ist er gut, und wenn du den zweiten Durchlauf startest, tu dies bei kleiner Flamme, denn *wee still* ist so dick wie dein Finger."

Nach diesem mysteriösen Ratschlag sollte gesagt werden, daß die Leute in und um Ahoghill heute keine kalten und gefährlichen Nächte mehr im Torf verbringen müssen. Durch die Kondensatoren wurde die Arbeit einer halben Nacht auf zwei Stunden verkürzt, und seit der Einführung von Gas kann man *wee still* tagaus, tagein auch in den eigenen kleinen vier Wänden herstellen. Das letzte Wort soll Willie McKeever haben. „Neun Jahre lange habe ich in meinem winzigen Zimmer gesessen und tagaus, tagein Gallonen von *wee still* gebrannt. Wie lange das her ist, verrate ich nicht. Und der Stoff hat in drei Teufels Namen weder mir noch denen auch nur ein bißchen geschadet, denen ich davon abgegeben habe!"

GRAFSCHAFT ANTRIM

Die Grafschaft Antrim ist stets eine Poitín-Gegend gewesen. Seit den Zeiten der Ansiedlung, als die Siedler kamen und die einheimische katholische Bevölkerung vom Acker- und Weideland in die Berge trieb, gab es Schwarzbrennerei. Das Leben in den Bergen war hart. Auf dem mageren Boden wuchs wenig, dennoch mußte die Pacht entrichtet werden, und so war die Poitín-Herstellung für einige quasi lebensnotwendig. Bis zum Bau der Küstenstraße in Antrim war die Gegend abgelegen, und ein hoch oben auf dem Berg postierter Destillateur konnte einen Polizisten oder Steuereintreiber meilenweit kommen sehen. Das Wasser war klar, die Fertigkeiten vorhanden, das Handwerk blühte. Zu Zeiten der alten Stanin-dram-Pubs – so genannt, weil die Gäste ihren Drink im Pub kaufte, diesen aber auf der Straße genießen mußten – wurde Poitín oder *wee still* öffentlich verkauft. Wie im übrigen Irland erfuhr der Poitín-Handel im 20. Jahrhundert auch hier seinen Niedergang, aber bis heute ist die Bergregion für Poitín bekannt. Dies war zum Teil Mickey McIlhatten zu verdanken, dem „König der Berge", dem viele Jahre lang sicher bekanntesten und am meisten geschätzten Poitín-Hersteller des Landes, der natürlich keineswegs der einzige oder gar beste Schwarzbrenner war. Es gab McGoldrick aus Rasharkin, der das Handwerk so gut beherrschte, daß ihm ein kleines Vermögen angeboten wurde, in das Amerika der Prohibition zu gehen, um sein Wissen den *bootleggers* zu vermitteln. Er schlug das Angebot aus. Von seinem Poitín wurde ein Teil zur Reife in Sherry-Fässern gelagert und mittels Ketten ständig gedreht. Einige Einheimische nannten den so entstandenen Stoff ‚Nektar'. (In den Appalachen wurden Fässer an Omas Schaukelstuhl befestigt.)

Dann gab es den stolzen Poitín-Hersteller aus dem für seine Hahnenkämpfe berühmten Glenwhery, der auf sein Produkt und dessen Reputation so stolz war, daß er jede Flasche mit seinem eigenen Etikett versah – Moore's Melody. Und es gab Cunningham aus der Gegend um Cushendun, der von der Polizei Besuch bekam. Sie stellten alles auf den Kopf und waren schon im Begriff aufzugeben, als ein gereizter Sergeant eine große Anzahl leerer Sirupdosen entdeckte. „Du bist ertappt", schrie er, „was kann man schon mit all dem Sirup machen, wenn nicht Poitín."

„Gewiß doch, Sir, ich kann Marmelade nicht ausstehen", war die Antwort.

Die meisten Geschichten über die Poitín-Herstellung in Antrim handeln aber von McIlhatten, dem ‚König'. Er war Schäfer und sein Leben lang Republikaner (er war auf der Argenta interniert und ohne ordentliches Gerichtsverfahren 1920 im Armenhaus von Larne inhaftiert), traditioneller Musiker, Gentleman und Poitín-Hersteller par excellence. McIlhatten brannte über fünfzig Jahre lang Poitín und bediente sich dabei verschiedener Rezepte. Eines davon sah vor, der Maische zerriebene Äpfel beizugeben, um die Stärke zu erhöhen. Trotz seiner Berühmtheit wurde er selten erwischt, wohl weil er hochgeachtet war. Selbst einige der örtlichen Orangisten kamen vor den jährlichen

Aufzügen zum 12. Juli zu ihm und kauften heimlich ein paar Flaschen, um sich in gute Stimmung zu bringen. Während des Zweiten Weltkrieges, als Spirituosen schwer zu bekommen waren, wandten sich gar manche vermeintlich ‚respektable' Bürger, einschließlich Richter und Ärzte, wegen des ‚Heiltrunks' an ihn, und im allgemeinen konnte er ihnen gefällig sein. Auch ein gewisser, jetzt prominenter unionistischer Politiker und einige Armeeoffiziere begleiteten ihn gelegentlich auf seinen unerlaubten Feldzügen. Als ‚Original' etabliert, hatte der König wenig Feinde und viele Freunde. Seine erste Strafe fiel niedrig aus, nachdem er dem Ortsrichter feierlich versichert hatte, ein Mann aus Sligo habe ihm erklärt, die Fiedel klinge sehr viel süßer, wenn er sie mit Poitín einreibe. Die Polizei wußte alles über ihn, sah ihn aber nicht als Problemfall an. Außerdem tranken einige Polizisten auch gerne ein Schlückchen. Daher war es ein schwerer Schock, als der Spätsechziger 1967 von einem eifrigen jungen Polypen festgenommen und vor ein einfaches Militärgericht in Cloughmills gezerrt wurde. Er spielte irgendwo auf dem Lande die Fiedel und hatte daher die Warnung nicht bekommen können, daß in seinem Torfhaufen ein Faß Poitín gefunden worden war. Wie er später ausführte, fanden sie glücklicherweise das nahegelegene große Versteck nicht. Sein Titel ‚König' stammt aus dieser Zeit, als sein Rechtsanwalt in einem leidenschaftlichen Plädoyer zu seiner Verteidigung dem Richter erklärte, es grenze an Majestätsbeleidigung, einem König wegen so einer Lappalie den Prozeß zu machen. Die Zeitungen griffen die Geschichte auf, und Mickey hatte den Titel weg, mußte aber für vier Monate ins Belfaster Crumlim Road Gefängnis. Ganz mußte er aber diese Strafe nicht absitzen. Denn als verschiedene Mitglieder der Anwaltschaft, die alle irgendwann einmal seine Erzeugnisse gekostet hatten, davon hörten, legten sie zusammen, um die Reststrafe abzugelten. (Dem ‚König' war eine Geld- anstelle der Haftstrafe angeboten worden, was er aber vehement abgelehnt hatte.) Den eifrigen jungen Polizisten, der ihn hinter Gitter gebracht hatte, vergaß er aber nie. Er nannte den kleinen, stämmigen Mann nie bei seinem Namen, sondern stets „mein kleiner Freund", und als er Jahre später nach England reiste, um im Fernsehprogramm von Dave Allen aufzutreten, suchte er vorsorglich rechtlichen Rat, was wohl sein „kleiner Freund" tun würde, wenn er den „Sassanachs" eine Flasche Poitín mitbrächte.

Der König ist tot, leider, aber in der Grafschaft Antrim üben einige noch immer sein Handwerk aus. Im Juli 1977 berichtete der *Ballymena Observer*, die Pubbesitzer von Ballymena beklagten den wachsenden Poitín-Markt, der – so behaupteten sie – ihre Profite beeinträchtige. Schreckensszenarien verarmter, vor dem Arbeitsamt Schlange stehender Wirte wurden beschworen, während sie wütend davon sprachen, Poitín sei in den Straßen von Ballymena überall für zwei Pfund pro halber Liter zu bekommen. Sechs unabhängige Produzenten wurden beschuldigt, den Markt untereinander aufgeteilt zu haben, und Portglenore, Cullybackey, Cargan, Broughshane und Ballymena selbst wurden als Produktionszentren genannt. Ihre Behauptungen mögen leicht hysterisch sein – und in einigen Fällen gar heuchlerisch, war doch so mancher Wirt nicht darüber erhaben, selbst Poitín zu kaufen und diesen mit Parlamentswhiskey zu verschneiden und an nichtsahnende Kunden zu verkaufen –, aber es ist wahr, daß die Poitín-Herstellung in Antrim zunimmt. In Nordantrim erfolgte die letzte Verurteilung wegen Schwarzbrennens im Jahre 1973. Der Missetäter wurde lediglich zur Zahlung von fünfzehn Pfund Strafe verurteilt. Kartoffeln, Sirup und Hefe sind leicht zu bekommen, die Polizei hat andere Sorgen, und es gibt keinen Grund zu der Annahme, die Bewohner dieses Landstriches könnten den Geschmack an *wee still* verlieren, auf den so viele gekommen sind.

Nachbemerkung: In der Grafschaft Antrim gab es 1965 zwei Todesfälle, die auf Poitín-Genuß zurückgeführt wurden. Das hat zu dieser hysterischen Verallgemeinerung geführt, die immer wieder in der Boulevardpresse zu finden ist, daß man erblindet oder stirbt oder beides, wenn man Poitín trinkt. Diese absurde Behauptung hat etwa genausoviel Wahrheitsgehalt wie die Schreckensgeschichten über das Rauchen von Marihuana und Irrewerden oder über das Schlucken von LSD und den sofortigen Sprung aus dem Fenster im zehnten Stock, weil man sich als Steinadler fühlt. Die Wahrheit über die Todesfälle von

Broughshane ist die, daß zwei Idioten beschlossen, ihren eigenen Stoff herzustellen, und ein Faß benutzten, in dem sich zuvor Unkrautvertilgungsmittel befunden hatte, das sie nicht einmal auswuschen. Es waren Unkrautvertilgungsmittel und Blödheit, die sie umbrachten, nicht Poitín. Was aber natürlich nicht heißen soll, daß einem nicht irgendwelches abscheuliches Zeug angedreht werden kann, das der Gesundheit nicht gerade förderlich ist, wenn man von einem Fremden eine Flasche kauft, in der angeblich Poitín enthalten ist.

Ein Besuch in West Cork

In der Vergangenheit zählte die Grafschaft Cork nicht gerade zu den Hochburgen der Poitín-Produktion. Im 19. Jahrhundert war sie nicht unter den *Top Ten*. Doch die Dinge haben sich geändert. In einem kleinen Gebiet in West Cork und in der Grafschaft Kerry gibt es an die hundert Destillen, die regelmäßig betrieben werden und nach jeweils eigenen Rezepten arbeiten, um *Katie Daly* herzustellen, wie Poitín hier genannt wird.

Das erste, was dem Besucher auffällt, ist die unglaubliche Gastfreundschaft, mit denen Fremden dort begegnet wird. In den mehr als einem halben Dutzend Häusern, denen wir einen allzu kurzen Besuch abstatteten, wurde automatisch der Kessel auf den Ofen gestellt, sobald wir über die Türschwelle traten. Niemand dachte im geringsten daran, uns Tee anzubieten, nein, es gab immer ein Glas Punsch. Das bekannte Lied ›The Jug of Punch‹ kommt aus dieser Gegend, und in jedem Haushalt wird offenbar Punsch getrunken. Das Wasser kocht im Kessel, Gläser oder Becher werden erwärmt, heißes Wasser eingegossen, Zucker hinzugegeben und dann der Poitín aus der Limonadenflasche dazugegossen. Große Gläser mit heißem Poitínpunsch werden herumgereicht, und der Spaß beginnt.

So werden sie euch vielleicht von Jer Sean Jer erzählen, „der ist jetzt 99 oder 101, keiner weiß es genau". Er wurde 1921 von den Black and Tans auf seinem Motorrad angehalten. „Woher hast du den Sprit für diese Mühle, du irischer Bastard!" brüllten sie. Jer Sean baute sich in seiner ganzen Größe auf und antwortete so höflich wie nur möglich: „Na hören Sie mal,

Modernes Poitín-Brennen, in der Gegend des westlichen Cork, 1974. Diese Fotoserie, mit freundlicher Genehmigung des Cork Examiner, *zeigt etwas von der primitiven Umgebung, in der „der Stoff" gemacht wird.*
1) Primitive Umgebung, aber typisch für heutige Poitín-Brenner auf dem Land.

2) Unterstützt die heimische Industrie! Es wird ausschließlich irischer Zucker verwendet.

3) Die Kühlschlange ist simpel, aber erfüllt ihren Zweck.

4) Die Singlings sind da. Sie müssen noch einmal die Destille durchlaufen, um ein anständiges Getränk zu ergeben.

5) Eine einfache Heizmethode

diese Mühle läuft wie der Fahrer mit Poitín." Dies entsprach der Wahrheit, und zu Hause angekommen, zapfte er einen kleinen Schluck ab, um sich einen Nachttrunk zu gönnen. Shell, aufgepaßt!

Den Besucher dieser Gegend führt man – falls ihm große Ehre zuteil wird – in die berüchtigte *Smokey Tavern*, ein altes Bauernhaus in den Bergen. Wenn man sich ihm nach der Fahrt über verschlungene Pfade, über Berg und Tal, zwischen Hecken und Sträuchern und durch die Höfe genähert hat, wird man von dem Eigentümer, *Paddy Muldoon*, begrüßt, der einem unglaubliche Geschichten von seinen Heldentaten mit der Knarre auftischt, während er glühendheißen Punsch serviert. Seine acht Hunde und sechs Katzen tragen dazu bei, der *Smokey Tavern* mit ihren rußgeschwärzten Wänden den eigenen Duft zu verleihen, und ermutigen die Besucher mit einem schwachen Magen, sich einen weiteren großen Becher des ,guten Stoffs' zu genehmigen. Und Muldoon (ein Pseudonym) wendet sich, Trinkbecher in der Hand, einem Thema zu, das ihm seit Jahren Kopfschmerzen bereit: die Gesetzeshüter. Seine Auseinandersetzung mit ihnen hat eine lange Tradition. Einen Polizisten haßt er besonders. „Dreimal hatte ich den Bastard vor der Mündung, und dreimal habe ich nicht abgedrückt", stöhnt er. „Und dann hat er mich doch nur eine Woche später in der Stadt wegen der Produktion eines kleinen Tropfens festgenommen. Ich hab ihm nie gesagt, was er für ein Glück hatte." Nachdem ich das altertümliche Gewehr aus dem Buren-Krieg und Muldoons zitternde Hände gesehen habe, bin ich persönlich davon überzeugt, daß sich die Gesetzeshüter keine großen Sorgen machen mußten. Ich kann mich natürlich auch irren. Muldoons Onkel gewann im vergangenen Jahr im Alter von 86 Jahren den inoffiziellen Schießwettbewerb in den Bergen und bewies eine erstaunliche Treffsicherheit, obwohl er sein ganzes Leben „mit Katie Daly verbracht hat".

Den Punschbecher in der Hand, setzt sich Muldoon und erzählt aus der „guten, alten Zeit", als er den Stoff herstellte, den sie *terriers* nannten. „Man ging in die Bar und fragte den Typen, ob er ein paar *terriers* wolle. Manchmal wollte er nicht, aber meistens doch. Dann ging man ein Stück die Straße entlang, griff in den Graben und gab ihm die Flaschen. Man bekam ein paar Schillinge und ging wieder in die Bar. In jenen Tagen wurde nur Gerste und Malz verwendet. Gewöhnlich wurden 40 Gallonen auf einmal gebrannt, heute sind es hin und wieder ein paar mehr. Der Torf verlieh den *terriers* einen schönen rauchigen Geschmack. Daher hat die Taverne auch ihren Namen. Ich habe hier die ganze Zeit gebrannt. Heute überlasse ich das jüngeren Männern" – er lügt wenig überzeugend. „Ich könnte ihnen noch das eine oder andere beibringen. Heutzutage nehmen sie Zucker oder Sirup, ohne die Gerste, um sich Probleme zu ersparen. Das Zeug mag ja ganz gut schmecken, aber es ist doch nicht das gleiche. Das hier", sagt er und schwenkt plötzlich eine scheinbar harmlose Limonadenflasche, die er aus dem Nichts hervorzaubert, „ist der wirkliche Stoff. Der haut dir deine verdammte Birne weg." Dem war beinahe so, aber der vertrauensselige Igor und ich erwachten am nächsten Morgen in unseren Betten ohne den geringsten Anflug eines Katers oder einer Magenverstimmung. Es blieben nur verschwommene Erinnerungen an einen Abend in der *Smokey Tavern*.

POITIN IN DONEGAL

Einst gab es überall in der Grafschaft Donegal Poitín. Die Grafschaft war – wie es in einem Regierungsbericht hieß – dafür ‚notorisch' bekannt. Für die Leute war es so selbstverständlich, eine Destille zu haben, wie sie eine Kuh hatten. Viele Geschichten und Anekdoten über Poitín aus dem vorigen Jahrhundert sind nach wie vor präsent. Es folgen ein paar Überlieferungen aus verschiedenen Quellen, die zeigen, wie selbstverständlich der ‚kleine Pott' war. Die erste entnahmen wir der irischen Sammlung ›Rotha Mór an tSaoil‹, deren englischer Titel ›The Hard Road to Klondike‹ lautet. Der Erzähler ist Micky MacGowan, der in den sechziger und siebziger Jahren des vorigen Jahrhunderts in Magheraoarty bei Gortahork lebte.

„Meine Leute machten Poitín genau wie die anderen auch. Ich will mich da jetzt nicht festbeißen, aber sie waren davon etwas weggetreten. Weder hatten sie am Tage Frieden noch des Nachts Ruhe, und er schickte sie auf eine Reise, daß sie kaum wußten, was sie taten. Manchmal tranken sie so viel davon, daß sie völlig überschnappten ... Damals gab es nicht viele, die ein Auge auf die Poitín-Hersteller hatten, lediglich die Jungs, die wir ‚Wassermänner‘ nannten, die Fischereiaufseher ... Poitín wurde ganz in der Nähe der Häuser gebrannt. Es gab kein Flüßchen oder Bach, an dem nicht eine Destille lag. Ein Bach, der groß genug ist und bestes Wasser führt, fließt zwischen unserem Haus und Magheraoarty vorbei. Unten an der Hauptstraße gibt es einen ziemlich großen Wasserfall, und direkt an dessen Fuß hatten wir eine schöne Destille. Es gibt dort eine hübsche enge Schlucht, und wenn man nicht wußte, daß dort die Destille war, konnte man sie auch nicht finden."

MacGowan erzählt weiter, wie bei einer Jagd der Wassermänner ein unschuldiger Zuschauer mit einem Bajonett durchbohrt und getötet wurde, als ein Wassermann ausrastete. Poitín kennt in der Grafschaft weitere Märtyrer. In Teelin im Südwesten Donegals wird immer noch ein Klagelied über Shane O'Haughey gesungen, der ein Opfer des ‚großartigen weißen Destillats‘ wurde. Die erste Strophe lautet:

Sheágain, a rú in, is tú bhí tapaidh in do láimh,
Agus le barr do mhéir go ngléasthá culaidh ar bhád;
Na Tonna bhí tréan ag éirghe tharat go h-árd,
'S a charaid mo chléibh, níor fhéad tú imtheacht ó'n bhás.

Liebster Sean, du hattest geschickte Hände
Und konntest die Bootsflaggen mit deinen Fingerspitzen
   hissen.
Die über dich hereinbrechenden Wellen waren stark,
Und, lieber Freund, du konntest dem Tod nicht entkommen.

Das Lied verrät nicht, daß Seans geschickte Finger auch Poitín herstellten und er und zwei Kumpane 1803 vor Aughris Head an der Küste von Sligo ertranken, weil sich die Gerste, die sie in ihrem kleinen Boot transportierten, mit Wasser vollgesogen hatte. Sean, der steuerte, stritt sich mit den anderen darüber, ob sie die Poitín-Gerste opfern sollten. Sie einigten sich, sie über Bord zu werfen, dabei kenterte aber das Boot, und sie ertranken. Eine tragische Geschichte.

Eine andere tragische, wenn auch nicht ganz plausible Geschichte stammt aus der Finntown Gaeltacht im Herzen Donegals. Sie ist einem Band von Seaghan MacMeanman mit gesammelten Volkserzählungen entnommen, der von der *Gaelic League* veröffentlicht wurde.

„Als wir bei meinem Haus in Finntown ankamen, sahen wir, daß sich dort vor uns einige Nachbarsfrauen versammelt hatten, die absolut erfreut waren, weil ich statt von einer alten Hebamme von einem spanischen Arzt begleitet wurde. Der Arzt blieb nur so lange, bis Zwillinge auf die Welt kamen, ein Mädchen und ein Junge. Weder trank noch aß er etwas, sondern machte sich eiligst wieder auf den Weg. Poitín floß in Strömen. Die Frauen sprachen, debattierten und diskutierten über dies und das. Erst bei Sonnenaufgang wurde daher festgestellt, daß der kleine Junge entführt und stattdessen ein Wechselbalg mit großen Pranken, einem Klumpfuß und dem Gesicht eines Greises zurückgelassen worden war! Ah! Da wußte ich, daß der Doktor ein Elf gewesen war." Im Kampfe mit der Brennblase hatte Manus offenbar vergessen, den ersten (und besten) Tropfen Poitín *Red Willy* darzubieten, dem Elf von Donegal, der Macht über die Steuereintreiber und andere böse örtliche Geister hatte.

Der gleiche Manus war ein großer Freund des Poitín – sehr zum Verdruß seiner Frau, die ihn so oft wie möglich im Hause einschloß, denn „wenn er aus dem Haus ging, ohne daß jemand ein Auge auf ihn hatte, steuerte er schnurstracks eine der kleinen links und rechts des Flusses Finn gelegenen Hütten an, in denen Poitín gebrannt wurde. Die Poitín-Hersteller gaben ihm reichlich zu trinken, aber der Arme wußte nie, wann er genug hatte." Bei Hochzeiten und Totenwachen war Manus jedoch in seinem Element, und es gibt in den Geschichten viele Schilderungen von Festen, zu denen Frauen, Männer, Jungen und Mädchen aus der ganzen Umgebung kamen. „Stets brannte ein Torffeuer und ein Feuer in der Küche, über dem das Wildschwein geröstet wurde. Es gab Wildbret (gewildert natürlich), Fisch, Kartoffeln, Weizenbrot und jede Menge Poitín. Der Priester saß in der Ecke und erzählte Geschichten über seinen Aufenthalt in Paris, das in Frankreich liegt, und der Lehrer berichtete über die Zeit, die er in Derry verbracht, und die

Wunder, die er da erlebt hatte. Seamus Mankin spielte Dudelsack, und die Jungen und Mädchen tanzten. Nach Mitternacht schlichen sich Michael Murray und Felim McFadden zur kleinen Destille, um Nachschub von dem Poitín zu holen, den sie tags zuvor aus Angst, die Steuereintreiber aus Dungloe könnten kommen, dort zurückgelassen hatten ..."

Der Romanautor Seamas MacGrianna wurde 1891 in Ranafast, Grafschaft Donegal geboren. Er schrieb in Irisch unter dem Pseudonym ‚Maire‘, und in seiner Autobiographie »Nuair a bhí mé óg« (Als ich jung war) findet sich die folgende Poitín-Geschichte:

„Mein Vater war ein hervorragender Geschichtenerzähler. Oft saßen wir an langen Winterabenden schweigend am Kamin und hörten ihm zu, und nur wenige Abende vergingen ohne eine Reihe von Geschichten über die Poitín-Hersteller und die Steuereintreiber ... Als mein Vater noch ein Junge war, gab es ein Steueramt in Glenties, dessen Leiter ein Kerl namens Costello war. Viele Male fielen Costello und sein Trupp in unsere Gemeinde ein und suchten nach Poitín. Gewöhnlich kamen sechs Mann zu Pferde. Man hatte keine Zeit, zweimal hinzuschauen, so schnell waren sie am Kamm des Deeragh Hill aufgetaucht und auch schon oben in Caracaman. Manchmal machten sie eine ganz schöne Beute, aber dann wieder waren die Männer aus unserer Gegend zu schnell für sie, so daß sie mit leeren Händen wieder abziehen mußten. Das waren die besten Geschichten, die mein Vater erzählte. Wenn die Steuereintreiber den Sieg davontrugen, hatte mein Vater nicht halb so viel Freude am Erzählen, auch wir nicht am Zuhören. Wenn aber die Männer aus den Rosses sich stärker als die Diener der Königin erwiesen, dann – das laß dir versichert sein – wurde uns eine Geschichte erzählt, bei der sich das Zuhören lohnte. Oft schien mir, als beobachtete ich sie mit meinem geistigen Auge: Black Paddy, der sechs Männern am hellichten Tag mit seiner Brennblase auf dem Buckel entkam. Oder Big Owen Neills ‚verrückte Mähre‘ an einem schönen Sommerabend im Moor von Losset, Owen auf ihrem Rücken, zwei Fässer Poitín vor sich, Costello und seine Bande ihn wild verfolgend. Der Reiter an der Spitze kommt bei Meenadreen bis auf zwei

160

Längen an ihn heran. Die ‚verrückte Mähre' beweist auf der Anhöhe über Lough Aginnive den längeren Atem und rast wie der Märzwind den Hügel von Dunlewy hinunter. Bei Meenacung wirft Owen einen Blick über die Schulter und vernimmt in Sicht- und Hörweite keinerlei Zeichen von Leib oder Leben."

Solche Geschichten beeindruckten den jungen Seamas sehr. Kindische Cowboy- und Indianer-Spiele waren für ihn und seine Freunde nichts, nein, sie spielten Poitínbrenner und Steuereintreiber.

„Johnny war Costello und ich war Manny, der beste Poitín-Hersteller der drei Gemeinden. An unser erstes ‚Wärmen' erinnere ich mich noch sehr gut. Wir machten in einer Felsspalte bei Portacurry ein Feuer und hatten einen Eimer, ein paar kleine Becher und eine alte Kanne. Nun, zumindest hätten die Uneingeweihten das so gesehen, wir aber hatten jedes nur vorstellbare Teil einer Apparatur, über die ein Brennexperte verfügt. Einen Helm, eine Kühlschlange, eine Brennblase, Bottiche, Fässer, Malz, Hefe und fermentierte Würze. Hudai Hugh half mir beim Brenndurchlauf. Mein Bruder Donal und Johnny Hugh waren bei der Steuer und bespitzelten uns von Gubnabansha aus. Beide hielten einen Esel am Halfter, und beide waren bereit, aufzusteigen und just dann in größter Geschwindigkeit über die Sandbank zu galoppieren, wenn Hudai und ich die Bottiche ‚wärmten'. Wir aber hatten auch unseren Hund Bran dabei, der ein guter Wachhund war. Wir begannen zu destillieren, und es dauerte nicht lange, bis es lief. Ich ließ ein Schlückchen des ‚Poitín' in ein Napfschneckengehäuse tröpfeln, wir nippten daran und erklärten es zum besten Tropfen, der je gebrannt worden war. Wir arbeiteten weiter, fachsimpelten und unterhielten uns wie zwei alte Hasen.

‚Drossel mal das Feuer ein wenig, Hudai', sagte ich, ‚es ist zu viel Hitze unter der Brennblase.'

‚Ist das Destillat hell?' fragt Hudai.

‚Nicht so klar, wie ich es gerne hätte', antworte ich.

In diesem Moment entfuhr Bran ein kurzes Kläffen, dessen Echo von den Kliffs widerhallte. Hudai sauste auf die Felsen wie ein Märzwind. Genauso schnell, wie er hinaufgesaust war, kam er auch wieder heruntergeschossen.

‚Ach, bei meiner Seele und Gott, Manny, Costello und seine Männer sitzen uns im Genick. Schnapp dir die Kühlschlange!' Er nahm die Brennblase vom Feuer und die Hatz begann. Wir rannten auf den Strand hinaus und schleppten die ganze Ausrüstung mit uns. Als wir bei Lecknalua waren, tauchte bei Gobnasligan Costellos berittene Horde auf. Wir rasten auf die große Sandbank und machten mit den Kannen und dem Eimer einen Höllenlärm, dicht gefolgt von Bran, dessen Jaulen ebenfalls meilenweit zu hören war."

Leider gehören jene Tage in Donegal längst der Vergangenheit an. Die Kinder von heute spielen wohl viel eher Terminator. In der Grafschaft wird weiterhin Poitín gebrannt, aber hauptsächlich für die Touristen und gewöhnlich von minderer Qualität. Die Tage, da Inishowen marktbeherrschend war, sind vorbei. In der Gegend um Ranafast oder Teelin mag man noch ein Tröpfchen bekommen, und anderswo in der Grafschaft mag der eine oder andere Milchmann mit der Milch auch ein oder zwei Flaschen Poitín bringen, hier und da wird man ihn bei einem Krämer bekommen, aber die Tage, als Poitín der König war, gehören endgültig der Vergangenheit an.

IN DER GRAFSCHAFT CLARE

Obwohl Clare häufiger in alten Liedern über Poitín erwähnt wird, zählte die Grafschaft nie zu den großen Destillationsgegenden. Ihren Ruf verdankt sie vermutlich eher der Tatsache, daß sich auf Clare mehr Wörter reimen als auf Connemara. Natürlich wird dort noch Poitín gebrannt, aber nicht in großen Mengen. Old Pa, der vierundzwanzig Jahre lang Poitín hergestellt hat, beklagt die Veränderungen, die im Laufe der Zeit stattgefunden haben. „Einige der Schufte, die heutzutage brennen, scheren sich nicht darum, einen anständigen Tropfen zu destillieren. Die wollen nur das schnelle Geld. Sie verwenden Bluestone (eine Art Insektizid) oder Waschpulver, um den Stoff klar zu kriegen. Der sieht zwar klar aus, und es geht schnell, aber das Zeug ist giftig. Man kann feststellen, ob es schlecht ist, indem man schaut, ob ein Tropfen des Zeugs Milch gerinnen läßt. Die Kommerzialisierung hier in der Gegend tötet das

Gewerbe. Die und die Polypen. Heutzutage gönnen einige von ihnen einem Mann nie seinen Frieden. Ich habe nie irgendwelches chemische Zeugs für meinen Stoff verwendet, nur Gerste, Hefe und Wasser. Früher kamen die Leute von weither, um von meinem *tusabhocta* zu kosten, dem ersten Schlückchen des ersten Durchlaufs."

Besucher der verschiedenen wohlbekannten Küstendörfer in Clare mögen wohl in den vergangenen Jahren von dort eine Flasche des ‚Stoffs' mitgebracht haben, der – wie man ihnen feierlich versichert hatte – „auf den Inseln hergestellt" worden sei, was allerdings höchst unwahrscheinlich ist. Pa, der ein paar Meilen landeinwärts arbeitete, verkaufte sein Produkt gewöhnlich an örtliche Kaufleute, die es mit Wasser verdünnten, den Preis heraufsetzten, und den ‚Poitín' an ahnungslose Touristen verscherbelten. Vor ein paar Jahren stellten Gesetzeshüter auf Inisheer Poitín-Apparatur und Würze sicher und seitdem gelten die Clare vorgelagerten Inseln als befriedet. Ich hoffe sehr, daß mir jemand das Gegenteil beweisen kann.

POITIN IN UND UM LURGAN

In Nordarmagh, an den Ufern des Lough Neagh gibt es keine Tradition der Poitín-Herstellung. Der Stoff, den es gab, kam gewöhnlich aus den Bergen von Pomeroy in der Grafschaft Tyrone. Und das letzte Mal, daß reichlich Poitín in der Region Lurgan/Portadown floß, war zu Beginn und Mitte der sechziger Jahre, als die Arbeiter, die den Autobahnabschnitt der M 1 bauten, hauptsächlich aus East Tyrone kamen. Es gab jedoch eine Ausnahme, und das war Annaghdroghal in den zwanziger und dreißiger Jahren. Annaghdroghal liegt allerdings in der Grafschaft Down. Es ist nicht mehr als ein Landstreifen, teilweise nur knapp tausend Meter breit, der sich – eingezwängt zwischen den Grafschaften Armagh und Antrim – zum Ufer des Lough Neagh streckt. Wegen dieser grotesken Grenzziehung gelangte das Gebiet unter die Gerichtsbarkeit der Grafschaft Down und deren Polizei, statt unter die der RUC von Lurgan. In jenen Tagen wurden die Polizeigrenzen von den jeweiligen Konstablerrevieren als sakrosankt angesehen, und daher fühlte sich die Familie, die vor Ort mehr als ein Jahrzehnt lang Poitín brannte, relativ sicher. Schlimmstenfalls brachten sie ihre Geräte ein paar hundert Meter weiter über die Grenze der Grafschaft Armagh. Heute fänden sie so eine glückliche Situation nicht vor.

EIN MODERNES REZEPT AUS BELFAST

Ob man bei dem Stoff, von dem nun die Rede sein wird, überhaupt von Poitín sprechen kann, ist zweifelhaft, aber der Hersteller, der irgendwo in Belfast in einer alten Autowerkstatt operiert, nennt ihn so, und wenn er richtig gemacht wird, schmeckt er gar nicht so schlecht.

Man nehme: mindestens 60 Pfund Orangen
8 Pfund braunen Zucker
50 g Hefe
50 Liter Wasser
Will man den Orangengeschmack wegbekommen, kann man Karotten hinzufügen. Dann entsteht ein ginartiger Geschmack.

Die Orangen schälen und in eine Plastikschüssel geben. Dann – ein kleiner exotischer Touch – diese von einer barfüßigen Dame zu Brei stampfen lassen (sie muß nicht Jungfrau sein, es könnte aber helfen). Den Brei drei bis vier Wochen stehen lassen oder solange, bis Sie den Geruch nicht mehr ertragen können oder die Nachbarn sich beschweren. Eine Milchkanne und eine improvisierte Kühlschlange aus Kupfer werden zur Destillation dieser äußert abstoßenden Pampe benutzt. Es entsteht ein Getränk mit einer Message, und die Message lautet: „Nimm dich in acht!"

Ein anderer unerschrockener Experimentierfreund produziert in Belfast ein explosives Gebräu, indem er Nesselwein destilliert. Den Wein macht er in der üblichen Weise, läßt ihn ein paar Monate reifen und destilliert den Stoff dann mittels eines Liebig-Kondensators. Beim ersten Brenndurchlauf benutzt er

einen Holzkohlefilter. Nach dreimaligem Durchlauf ist das Endprodukt so stark, daß es mindestens zweifach mit Wasser verdünnt werden muß. Geschmacklich ähnelt es zweitklassigem
Poitín aus West Cork.

IN DEN BERGEN VON CONNEMARA
„Halt heut bloß deine Augen offen,
die langen Kerle sind auf dem Weg,
sie suchen den Bergtau
in den Hügeln von Connemara."

Connemara und Galway sind nach wie vor zwei Poitín-
Hochburgen. Der Krieg im Norden hat die Poitín-Hersteller
in den Grenzgebieten wie Cavan und Monaghan getroffen und
die Verstärkung der Polizeipräsenz in diesen Gebieten den
Schwarzbrennern in Sligo und Leitrim das Leben erleichtert,
aber das alte Handwerk wird besonders in der rauhen Gegend
um Ballinakill, Lettermore oder Inverin gepflegt. Weihnachten
ist für die Poitín-Hersteller und -verkäufer in diesen Landstrichen der Höhepunkt – die Ware wird im ganzen Land an den
Mann gebracht und von Exilanten auf Urlaub nach England und
in die Vereinigten Staaten von Amerika verbracht. Und während
der Monate vor den Festtagen spielt sich ein merkwürdiges
Ritual ab.

Es ist die Heimsuchung. Angeführt von einer überlebens-
großen Figur des Superintendent Patrick Gallagher, „Veteran
von tausend Heimsuchungen", und seines ergebenen Kamera-
den, dem „scharfsinnigen Garda Michael Dowd", verläßt der
Poitínsuchtrupp das Hauptquartier in Oughterard und schwärmt
ins Land aus, um „die Poitín-Hersteller Gottesfurcht zu lehren".
Wenigstens wollen es die Zeitungen uns so glauben machen. Jedes Jahr werden den Leserinnen und Lesern der
irischen Zeitungen solche Phantasieausbrüche zugemutet wie
„Dowd ist ein stiller Mann aus Kerry, der ein langsames,
sanftes Gaelisch spricht und ein rotbackiges Gesicht hat, das
über der blauen Serge und den glänzenden Uniformknöpfen
die meistgefürchtete Ausgeburt des Gesetzes in Connachts
Poitín-Gegend ist." Oder wie wäre es hiermit? „Superintendent
Gallagher, bekannt als der Hammer, sprach langsam und ruhig:

165

*Mit dem „Hammer" bei einer Razzia an einem See, nahe Balli-
nakill, Connemara. (Fotos von Colman Doyle)
1) Links vom See kommt die Poitín-Kommission hinauf zur Destille, die von Steinmauern verdeckt ist.*

2) Der Fang ist gut!

3) Die Würze ist noch warm.

4) *Die Ausrüstung wird zerlegt und die Gaszylinder werden hin-
aus-„torpediert".*

‚Wieder haben wir eine erfolgreiche Woche hinter uns, Männer, zwei Vierzig-Gallonen-Fässer, 440 Gallonen Würze, zwei Brennblasen, zwei Kühlschlangen. Wir setzen ihnen zu. Wir versetzen ihnen harte Schläge. Wir graben ihnen das Wasser ab!'" Laut dieser Version über die Zustände in Connemara führt die bloße Erwähnung von „Dowd aus Dingle" oder „dem Hammer" dazu, daß starke Männer die Zähne zusammenbeißen, Frauen die Hände ringen und Kinder in Tränen ausbrechen. Der Mythos wird durch Überschriften bekräftigt wie ‚In diesem Jahr wird Poitín-Knappheit erwartet', ‚Durchsuchungen bei Schwarzbrennern durch Eliteeinheiten', ‚Dickster Fang aller Zeiten, Poitín im Wert von £ 8.000 sichergestellt'. In dem Artikel unter der letztzitierten Überschrift wird eine packende Geschichte aufgetischt, wie unter der vorbildlichen Führung „des Hammers" ein sechs Mann starker Trupp einen abgelegenen Mühlteich in Ballinakill ‚heimsuchte' (was sonst?).

„Ein brauner Schäferhund bellte am Ufer des Teiches eine Warnung, als Garda Gaughan den Sergeanten O'Riordan und McCole von der Straße zum Ufer vorauseilte. Durch das Hundegebell gewarnt, ruderten jedoch zwei Männer in einem Boot flugs über den Teich und entkamen, während fast zeitgleich zwei weitere Schwarzbrenner den Gardai O'Connor und Cosgrove entwischten und blitzschnell über das Wasser flüchteten. Der Fund war jedoch beträchtlich. In der ersten Destille, die geschickt durch direkt am Ufer verlaufende Steinmauern verborgen war, befand sich nicht nur eine Brennblase, sondern derer zwei. Die Würze war noch glühend heiß und dampfte in drei Bottichen, das Gas brannte und aus der Kühlschlange tropfte erstklassiger Poitín in einen weißen Emaileimer. Als sie die Destilliergerätschaften zerschlugen und die Steinhäuser dem Erdboden gleich machten, sagt der gefürchtete Garda Dowd: ‚Es muß so ungefähr das dreizehnte Mal sein, daß ich an einer Durchsuchungsaktion hier am See beteiligt bin.'

‚Heute abend werden die Fische betrunken sein', bemerkte Sergeant O'Riorda treffend, während er die Würze wie einen gelben Fluß in den Teich kippte und Garda Cosgrove, ein bekannter Football-Spieler aus Galway, die Ventile der Gasflaschen öffnete, die torpedogleich über den Teich schossen."

Aufregender Stoff! Auf so etwas stehen die Medien. Es berichten nicht nur die *Irish Press*, der *Independent* und die *Irish Times*, auch die Fernsehmenschen treten auf den Plan. NBC, ITV und BBC haben spöttische Berichte über Poitín ausgestrahlt, einschließlich Bernard Falks spaßig aufgezogener Razzia für *Nationwide*. RTE sendet Features darüber, und ein neuer 16mm-Film, der – man höre und staune – tatsächlich *Poitín* heißt und in dem Cyril Cusack, Niall Tobin, Donal McCann und ,eine Vielzahl örtlicher Laiendarsteller' mitwirken, wurde von Bob Quinn in der Nähe von Carraroe vor Ort gedreht. Wie wirklichkeitsnah ist aber das Bild, das die Medien transportieren? Geht es tatsächlich um düster dreinblickende Gesetzeshüter, die unablässig ihre Pflicht erfüllen und Brennblasen zertrümmern, während schnellfüßige Schwarzbrenner zu Land oder übers Wasser glücklich entkommen? Natürlich nicht. Manchmal bietet man uns eine humorige Geschichte, wie die über die Durchsuchung in der Nähe von Inverin, wo die ,Schwarzbrenner' sich den konfiszierten Poitín, der im Polizeirevier hinter Schloß und Riegel war, zurückholten, aber meistens sind es reine Routineberichte. Der Poitín-Hersteller versucht, weiterhin sein Produkt herzustellen und zu verkaufen, ohne sonderlich aufzufallen, und die Gesetzeshüter versuchen, so viele Beschlagnahmungen im Jahr vorzunehmen, daß sie ihre Existenz rechtfertigen können, aber nicht zu viele, um sich nicht selbst überflüssig zu machen. Die uralte Geschichte.

1977 kam allerdings ein neuer Punkt hinzu. Comharchumann Cois Fharraige, eine Kooperative aus Connemara, deren für Öffentlichkeitsarbeit zuständiges Mitglied der lautstarke Michael Lally ist, begann eine Kampagne, um die Legalisierung von Poitín und vor Ort die Etablierung des Brennens als Handwerk durchzusetzen. Wie liebten doch die Medien diese Story. Selbst vom europäischen Festland kamen Fernsehteams, um zu filmen. „Die Gardai haben 1976 hier Poitín und Brennanlagen im Werte von £ 63.000 gefunden", erklärte Lally. „Das sind lediglich zwölf Prozent des in der Hauptsaison zwischen September und Weihnachten gebrannten Poitíns. Mindestens sechzig Destillateure betreiben die Poitín-Herstellung hier in Connemara hauptberuflich und bringen Ware im Wert von ungefähr £ 750.000 pro Jahr auf den Markt. Außerdem gibt es noch mindestens vierzig weitere nichtkommerzielle Hersteller. Ein Großhersteller verzeichnet einen Umsatz von £ 50.000. Aufgrund eines Marktforschungsergebnisses gehen wir davon aus, daß ein ordentlicher Qualitätskontrolle unterliegender, international gehandelter Poitín jährlich zwölf bis fünfzehn Millionen Pfund erbringen und bis zu tausend Menschen Arbeit bieten könnte."

Der Enthusiasmus von Herrn Lally ist ansteckend, obwohl seine Zahlenangaben je nach Zeitung unterschiedlich sind. Ob aber die Zahl von zwölf Millionen Pfund den Tatsachen entspricht oder nicht (hier und da ist für das nächste Jahrzehnt von zwanzig Millionen die Rede), kann Poitín zweifellos auf lokaler Ebene zumindest sehr profitabel sein. Für jede £ 30.80, die der Poitín-Hersteller für Gerste, Zucker und Hefe aufwenden muß, rechnet er mit einem Verkaufspreis von £ 400.

Poitín ist bereits ein eingetragener Markenname, und die Kampagne zu seiner Legalisierung wird zweifellos fortgeführt werden. An anderer Stelle habe ich ausgeführt, warum ich die Legalisierung nicht befürworte. Die Kampagne zeigt aber, daß es um die Poitín-Herstellung im Westen gut bestellt ist, trotz „des Hammers" und trotz eines Herrn „Dowd aus Dingle". Und das bringt es auf den Punkt. Es ist ein Ritual geworden, eine Farce. Die Polizei bekommt eine gute Presse und ein paar Auszeichnungen für ihre Beschlagnahmungen, die Presse ihre Stories, und der Poitín-Hersteller nutzt die Publizität und erhöht Preis und Profit. In den letzten fünf Jahren hat sich in Connemara der Preis für einen Liter Poitín fast verdoppelt. Und das, obwohl statt Getreide mehr und mehr billiges Rübenfleisch verwendet wird, wodurch die Herstellungskosten erheblich gesenkt werden. Aber Connemara produziert immer noch guten Stoff. „Er läuft die Kehle hinunter wie ein Fackelzug", sagte der alte Seamus in der illegalen Trinkhöhle, „einfach großartig, ganz sicher."

> „Die Stellung behaupten ist es zu spät,
> Wenn der Kerl von der Steuer vor der Türe steht,
> Ehre sei Paddy, wenn es ans Trinken geht
> In den Bergen von Connemara."

Nachbemerkung: Im November 1977 trat Gallaher, „der Hammer", der seit 1963 nach Poitín fahndete, in den Ruhestand. Bei weit über 100 Durchsuchungen beschlagnahmte er Poitín im Wert von mehreren Tausend Pfund, aber selbst er mußte sich eingestehen, daß „es ungefähr 200 Brennereien in Connemara gibt. Wir konnten lediglich einen Bruchteil zerstören. Ich schätze nach wie vor, daß die Industrie ihre Million pro Jahr wert ist. Eine Legalisierung würde nichts ändern, das illegale Geschäft wird so oder so weiter betrieben werden."

DIE GROSSE GALWALLY GANG

Am 17. Dezember [1977] durchsuchte die RUC nach einem Hinweis in Belfast ein Haus im Galwally-Gebiet in Südbelfast und eines in den Markets. Die Polizisten fanden zwei Brennblasen, die auf Hochtouren arbeiteten und jeweils 250 bis 300 Gallonen Poitín-Würze ausstießen. Es war der größte Fund in Belfast seit vierzig Jahren. Verantwortlich waren zwei Männer. Einer von den beiden, Ben Lorimer, erzählt:
„Ich habe meine Experimente gemacht und ein bißchen Poitín gebrannt, seit ich als Teenager einen alten Schwarzbrenner in den Mourne Mountains getroffen habe, wo ich in Jugendherbergen übernachtete. Dann habe ich an der Queen's University den mittlerweile verstorbenen Historiker Ken Connell kennengelernt und seinen Essay über die Geschichte des Schwarzbrennens gelesen. Zu jener Zeit (in den sechziger Jahren) wurde Poitín in den Chemielabors der Universität hergestellt, woran ich aber nicht beteiligt war. Später beschloß ich allerdings, daraus ein profitables und angenehmes Experiment zu machen. Es war denkbar einfach. Ich nutzte einen alten Schuppen, der einmal eine Toilette war. Das hatte den Vorteil, daß es bereits Abzugsrinnen und -rohre gab, worüber ein Großteil des Geruchs verschwand. Ich benutzte eine zehn Gallonen fassende Molkereikanne und ein fünfundvierzig Gallonen fassendes Ölfaß mit einer Kühlspirale, obwohl man auch einen Kupferzylinder samt Spirale hätte benutzen können, den man bei jedem Klempner oder Heizungsbauer kaufen konnte. Erhitzt wurde mit

einem Gaskocher, aber ich bediente mich manchmal auch eines Elektrokochers mit einer Leistung von fünf Kilowatt, die ich aber auf zwei Kilowatt runterfuhr, sobald das Brennen anfing.

Mein Rezept war:

25 Pfund Malz
½ Pfund Hefe
30 g Weinhefe

Um den Prozeß zu beschleunigen, konnte man auch 15 Pfund Malz und 10 Pfund Zucker verwenden, was aber nicht so gut war.

Man konnte auch Kartoffeln oder irgendwelche Früchte nehmen, sollte das Produkt aber wie wirklich guter Whiskey schmecken, war Malz am besten. Ich stellte die Maische her, die ich – um die besten Resultate zu erzielen – vierzehn Tage lang stehen ließ und dann normal destillierte. 25 Pfund Malz ergeben 12,5 % Alkohol. Bei 86° Celsius fängt er zu tröpfeln an, bei einer Temperatur von 100° ist es natürlich vorbei. Ich machte drei Brenndurchläufe und gewann 85–90%igen reinen Alkohol, d.h. 150 britische Proof. Mit Hilfe eines ganz gewöhnlichen Hydrometers verschnitt ich den Alkohol mit Wasser, um auf 70 Proof zu kommen. Ich habe Soßenpulver hinzugefügt, um ihm Farbe zu geben.

Eine Korbflasche oder Kanne mit einem Fassungsvermögen von zehn Gallonen erbringt eine Gallone reinen Alkohol oder zweieinhalb Gallonen oder 15 Flaschen Poitín von 70 Proof. Nebenbei bemerkt, für die Korbflasche mußte man ein Abflußrohr von mindestens ½ Inch oder noch besser ¾ Inch benutzen. Wenn der Durchmesser geringer war, konnte das Rohr explodieren, wie wir einmal feststellen mußten und beinahe großen Schaden davontrugen. Ich habe den Stoff billig an Clubs und Pubs in der ganzen Stadt verkauft. Ich nahm £ 6 für die Gallone oder £ 1 für die Flasche bei Großabnahme. Ich hatte viele Großabnehmer. Zu Spitzenzeiten machten wir einen Umsatz von £ 400, und das bei Kosten von 2 Schillingen pro Flasche. Der Stoff sah wie Whiskey aus und schmeckte auch wie Whiskey. Pub- und Clubbesitzer kauften ihn und versahen die Flaschen mit ihren eigenen Etiketten. Kein Kunde hat sich beschwert. Nach der Beschlagnahmung wurden Proben zur Analyse nach England geschickt, und in dem Bericht, der zurückkam, hieß es, unser Stoff sei reiner als gewöhnlicher kommerzieller Whiskey. Den einzigen Schaden hatten die Herren von der Steuer. Polizisten und Soldaten zählten zu unseren besten Kunden. Klar, eine Zeitlang bekam ich die regelmäßige Order, einer bekannten Polizeistation in Südbelfast wöchentlich ein Dutzend Flaschen zu liefern.

Natürlich gab es Probleme. Zunächst einmal schliefen mein Partner und ich kaum. Manchmal arbeiteten wir zwanzig Stunden am Tag. Von der zweiten Destillierapparatur ist zu sagen, daß sie sich von der ersten dadurch unterschied, daß sie aus einem Druckkochtopf mit einem Fassungsvermögen von fünf Gallonen und einem großen Liebig-Kondensator als Spirale bestand. Die Handhabung war einfacher, das Rezept allerdings das gleiche. Du brauchtest nur dein Faß mit 70 Pfund Malz vom Bäcker, und los ging's.

Wegen eines Verräters sind wir aufgeflogen und mußten aufhören. Wir wurden zu jeweils £ 200 und einer Haftstrafe von einem Jahr zur Bewährung verdonnert. Schade. Na ja, ich muß gestehen, daß ich nicht ganz aufgehört habe, sondern erst auf den Tag genau vor zwei Jahren, am 17. Dezember 1973. An diesem Tag wurden wir in Dublin mit einer Ladung Flaschen im Auto festgenommen. Es gab politische Proteste an dem Tag, und die Polypen in Dublin dachten, wir wollten mit den Flaschen Molotow-Cocktails oder dergleichen bauen. Wir konnten ihnen natürlich nicht sagen, wofür die Flaschen wirklich gedacht waren. Und als sie das Haus durchsuchten, in dem wir wohnten, fanden sie unsere Destille und das ganze Zeug. Ich erinnere mich, wie am folgenden Tag einer von ihnen wütend zu mir sagte: ‚Warum verdammt habt ihr uns denn nicht gesagt, was ihr treibt, wir hätten euch mit dem Zeug einfach an einen anderen Ort geschafft.' Egal, es war zu spät und zuviele Leute waren beteiligt. Wir standen dann in Howth vor Gericht. Der Ankläger wollte mir eine Strafe von £ 600 aufdrücken, aber die Polizisten legten überraschenderweise ein Wort für mich ein, und ich kam mit einer Geldbuße von £ 13 davon. Das war nett von ihnen, und weißt du, sie haben acht Gallonen von dem Stoff im Haus sichergestellt, aber mir wurde lediglich der Besitz von zwei

Flaschen vorgeworfen. Ich frage mich, was wohl mit dem Rest geschehen ist ... Aufgrund der Bewährung und der Tatsache, daß ich aktenkundig bin, kann ich jetzt keinen schwarzen Whiskey mehr herstellen, aber es war interessant, solange ich ihn gebrannt habe."

IN DER GRAFSCHAFT FERMANAGH

In der Grafschaft Fermanagh machen die Poitín-Hersteller weiter. Old W. destilliert irgendwo in den Bergen. Er hat das Handwerk von einem Mann aus der Grafschaft Donegal gelernt und ist stolz darauf. Er wurde einmal von Polizisten in Ballintra erwischt und mußte sechs Monate im Mountjoy Gefängnis sitzen, aber sonst ist er nicht sonderlich belästigt worden. Nur ein Torffeuer ist dem alten W. gut genug. In einem schwachen Augenblick gibt er aber schon mal zu, daß Campinggas „feiner Stoff" ist.

7 Pfund Bäckerhefe
42 Pfund brauner Zucker
4 Pfund Sirup
1 Pfund Hopfen

Die Zutaten in drei Gallonen lauwarmem Wasser in einem Holzfaß von 40 Gallonen Fassungsvermögen einweichen. Dann das Faß zu Dreiviertel mit kaltem Quellwasser vollaufen lassen. An einem kalten Ort stehen lassen und gut verstecken, da der Gärprozeß geräuschvoll sein kann. Nach einigen Wochen zur Brennblase transportieren, die mit *Luden*, einer Paste aus Hafermehl, abgedichtet wird. Eine 35-Gallonen-Blase produziert so 16 bis 20 Liter. Es war früher üblich, daß am Weihnachtsabend auf Buck Island und am Breenwe Lough Poitín gebrannt und großer Wert darauf gelegt wurde, die Feen und Elfen zu bedenken. Um diese zu besänftigen, wurde ihnen nach jedem Brenndurchlauf, und es gab derer drei, ein kleines Trankopfer dargebracht, indem ein Schlückckchen Poitín auf den Boden gegossen wurde. W. verfügt über ein großes Repertoire an Geschichten, was geschehen kann, wenn man diesen Brauch nicht befolgt –

der Kopf der Brennblase könnte weggeblasen werden, ein plötzliches Gewitter am wolkenlosen Himmel aufziehen oder, schlimmstenfalls, ein Phantomgreifer aus dem Nichts auftauchen und dich ‚fesseln‘. Also besser auf Nummer sicher gehen und den Feen und Elfen geben, was ihnen zusteht. W. hat stets gehandelt, wie es der alte Brauch vorsah, und sich eine ganz schöne Weile gehalten!

Der Poitín

Cumhradh ar a' bpoitín seo-
Is mairg nach nglacann e—
Is iomdha croidhe tartach
   A thóigeann sé.
Chan fhuil ó'n rígh go dtí'n bacach
Nár mhian a bheith 'n-aice,
'S ní'l dhá mhéad a thaithighe
   Nach móide a spéis.

So schrieb ein Poet aus Meath über Poitín. Das Gedicht entstand Mitte des 19. Jahrhunderts und wurde einer lange schon
vergriffenen Sammlung von Volkserzählungen entnommen, die
1905 von der *Gaelic League* veröffentlicht wurde. Seosamh
Laoide hat die Sammlung zusammengetragen.

Der Teufel soll diesen Poitín holen.
Wehe denen, die ihn verschmähen.
So viele durstige Herzen läßt er höher schlagen.
Ob König oder Bettler
Wer möchte ihm nicht nah sein.
Je mehr man sich daran gewöhnt,
Desto mehr wird man ihn mögen.

Bibliographie

Das beste Buch zur Geschichte des Poitín ist immer noch Ken Connells ›Irish Peasant Society‹ (1968), das mir eine große Hilfe war. Weitere nützliche Bücher oder Dokumente zum Thema sind:

Charleton, William, *Tales and Stories of the Irish Peasantry*, 1846
Chichester, E., *Oppressions and cruelties of Irish Revenue Officers*, 1818
Coyne, W.P. (Hrsg.), *The Distilling industry in Ireland*, 1902
Dorian, Hugh, *Donegal Sixty Years Ago* (Manuskript, St. Columb's, Derry)
Irish Folklore Commission, MS 227. 7th Report of the Commissioners of Excise, 1834
Londonderry Journal, 1808–14
Maguire, E.B., *Irish Whiskey, a history of distilling in Ireland*
Otway, Caesar, *A tour in Connaught and Sketches in Ireland*, 1839
Wakefield, E., *An account of Ireland, Statistical and Political*, 1812
The Select Committee's Report on Drunkenness in Ireland, 1834
The Select Committee's Report on Illicit Distillation in Ireland, 1816
The Select Committee's report on extending the functions of the constabulary in Ireland to the suppression or prevention of illicit distillation, 1854
The Fifth Report of Revenue arising in Ireland, 1823

Es gibt viele Bücher zum Schwarzbrennen in Amerika. Hier einige Titel, die ich interessant fand:

Baldwin, Leyland D., *Whiskey Rebels*, 1967
Carr, Jess, *The Second Oldest Profession*, 1972
Carson, Gerald, *A History of Bourbon*, 1972

Ford, Henry Jones, *The Scotch-Irish in America*, 1915
Glasgow, Maude, *The Scotch-Irish in Northern Ireland and the American Colonies*, 1936
Wiltse, Henry M., *The Moonshiners*, 1895
Besonders empfehlenswert ist Joseph Earl Dabneys *Mountain Spirits*.

POSTSCRIPT
Es gibt da drüben Gold in diesen Bergen,
Es gibt da drüben Gold in diesen Hügeln,
Die Ureinwohner gewinnen es
In ewig arbeitenden Brennblasen.

John Judge Jr., 1930

GLOSSAR

Poitín: irisch-gälische Schreibweise
Poteen: englisch abgewandelte Schreibweise
Whiskey: irische Schreibweise
Whisky: schottische Schreibweise

backing: sog. „Brechen" des Whiskeys in der Kühlschlange, vor einem möglichen 2. Brenndurchgang.

Balfours Schere: Anspielung auf das Haarestutzen bei Gefangenen. Balfour war zwischen 1887 und 1891 Irlandminister.

Black and Tans: In England rekrutierte quasi-söldnerische Spezialeinheiten zur Verstärkung der irischen Polizei während des irischen Unabhängigkeitskrieges. Vorwiegend ehemalige arbeitslose Soldaten, die Khaki-Uniformen, schwarze Polizeimützen und -gürtel trugen. Daher der Name.

bootlegger/bootleggin: amerikanische Bezeichnung für Whiskyschmuggler während der Prohibition. Stammt von „bootlegs", den Stiefelschäften, in denen Whiskyflaschen versteckt wurden.

Cage: hier Bezeichnung für die über zwanzig eingezäunten Teillager von Long Kesh.

Cooper: Wahrscheinlich ein Polizist der Royal Irish Constabulary, der vom Dienst suspendiert wurde.

Durchsuchen von Betten: Die Leute versteckten ihren Poitín im Bett, und der Sergeant filzte stets die Betten. Rechtsanwalt Lynch wirkte in Virginia und verteidigte Leute, die sich wegen Schwarzbrennens vor Gericht verantworten mußten.

Father McFadden aus Glenties, Grafschaft Donegal, hielt eine aufrührerische Rede in Befürwortung der Landliga. Eine Sondereinheit der Polizei wurde nach Donegal entsandt, um ihn festzunehmen. Einer dieser Polizisten war der Grouse Hall Sergeant. Die Einheit unterstand D.I. Martin. An einem Sonntagmorgen umstellte die Sondereinheit die Kapelle und nahm Father McFadden unmittelbar nach der Messe fest. Die Kirchgänger versammelten sich und in einem Handgemenge wurde D.I. Martin getötet. Die Angelegenheit wurde sehr berühmt, es wurde aber nie ermittelt, wer für Martins Tod verantwortlich war.

Gardai: Polizist der Garda Siochana, der Polizei der Republik Irland.

Hechler (engl. hackler): Zu der Zeit, da diese Ballade entstand, wurde in der Grafschaft Cavan viel Flachs angebaut. Der Flachs wurde von den Leuten zu Fäden verarbeitet, die auf dem Spinnrad gesponnen wurden. Vor dem Spinnen war das ‚Hecheln‘ der letzte Vorgang, wobei die Fasern gereinigt, geglättet und voneinander getrennt sowie die Kurzfasern ausgekämmt wurden. Das Hecheln war ein Gewerbe, und Hechler zogen von Haus zu Haus, um den Flachs zu hecheln.

Home Rule: 1870 gründete der Rechtsanwalt Isaac Butt in Dublin die „Liga für Selbstverwaltung" (Home Rule League), die ein eigenes irisches Parlament fordert, das jedoch von Westminster abhängig sein soll.

IRA: Irisch-Republikanische Armee

Landliga: Land League, 1879 von Michael Davitt gegründet, um die Pachtbauern gegen Wucherzinsen und Kündigungen zu schützen

Long Kesh: „Das Konzentrationslager Long Kesh liegt neben der Autobahn M 1 ungefähr zehn Meilen von Belfast entfernt in der Nähe der Stadt Lisburn. Heute besteht die britische Regierung darauf, daß man es Gefängnis Ihrer Majestät, The Maze, nennt." (Gerry Adams, *Cage Eleven*. Erinnerungen an Long Kesh, Caldozburg 1995)

Markets: katholisches Viertel in unmittelbarer Nähe des Hauptbahnhofs von Belfast. Die Enklave, die zum Süden Belfasts gerechnet wird, war immer loyalistischen Attacken ausgesetzt.

moonlighter: englische Bezeichnung für Branntweinschmuggler, die nachts die heiße Ware aus Holland und Belgien anlandeten.

moonshine/moonshiner: Bezeichnung für alle aus Getreide schwarzgebrannten geistigen Getränke und die Hersteller derselben.

Orangeisten: Mitglieder der „Orange Order" (Oranier-Orden), einem 1795 gegründeten Geheimbund, der streng antikatholisch ist.

Peeler: Bezeichnung für die Herren der Ordnung: Polizisten.

Proof: Maßeinheit für den Alkoholgehalt. Die Messung wurde früher vorgenommen, indem man dem Destillat Schwarzpulver beimengte. Wenn die Mischung noch zur Explosion gebracht werden konnte, war dies der Beweis für einen hohen Alkoholgehalt.

RIC: Royal Irish Constabulary, Bezeichnung für die irische Polizei von 1836 – 1922.

RUC: Royal Ulster Constabulary, nordirische Polizei.

Sassanach: Bezeichnung für die englischen Eindringlinge.

Shamrock: dreiblättriger irischer Klee; vom hl. Patrick, dem Nationalheiligen, benutzt, um den Gälen die Dreieinigkeit zu erklären, das Geheimnis der Dreiheit der göttlichen Personen in der Einheit des göttlichen Wesens.

Singling: Nachlauf bei der Whiskey-Herstellung.

Sinn Fein: deutsch: Wir selbst, Politischer Flügel der IRA.

Townland: um einen Weiler liegendes Land, Gemarkung.

Troubles: euphemistische Bezeichnung für die gewaltsamen Ereignisse in Nordirland seit 1968.

Unionist: Unionisten bestehen auf der Union Nordirlands mit Großbritannien.

12. Juli: Schlacht am Boyne im Jahre 1690, in der Jakob II. von seinem Widersacher Wilhelm von Oranien entscheidend geschlagen wurde. Der Sieg wird jedes Jahr mit Paraden und Umzügen des Oranier-Ordens begangen.

INHALT

Dank des Autors   6

Zur deutschen Ausgabe   7

Poitín – Eine Einführung   11

1. Poitín – Eine bewegte Geschichte   13

2. Poitín und das Gesetz   29

3. An den ungewöhnlichsten Orten   57

4. Poitín geht nach Amerika   71

5. Poitín in Liedern und Geschichten   91

6. Poitín und legaler Whiskey   127

7. Nebenprodukte des Poitín   137

8. Das alte Handwerk lebt   143

Der Poitín   179

Bibliographie   181

Glossar   185

KRIMINALROMANE

Ingvar Ambjørnsen
Der letzte Deal
Ein packender Kriminalroman um zwei Haschdealer der alten
Schule, die ohne ihr Wissen als Heroinkuriere eingesetzt werden.
224 Seiten, Broschur, Deutsche Erstausgabe.

Robert Brack
Das Gangsterbüro
Ein ehemaliger Geheimdienst-Profi und IM „Anarchist", zwei um-
schwärmte Frauen, ein farbiger Ex-Kellner und der orientierungs-
lose Agent Ruger bilden das „Gangsterbüro".
224 Seiten, Paperback.

Robert Brack
Das Mädchen mit der Taschenlampe
Zwischen Meta-Thriller und Anti-Krimi, zwischen
Liebesgeschichte und schwarzem Gesellschaftsroman: Eine
apokalyptische Loopingfahrt durch verwirrende Zeitschlaufen.
128 Seiten, Klappenbroschur.

Léo Malet
Der letzte Zug von Austerlitz
Gestapo, Résistance, Kollaborateure – Paris 1944 ist die düstere
Kulisse, in der Privatdetektiv Refreger die Fährte aufnimmt.
176 Seiten, Paperback.

Léo Malet
Im Schatten der großen Mauer
Schauplatz New York, Ende der 30er Jahre: Rivalisierende
Gangsterbanden im finsteren Sog des Untergrunds.
128 Seiten, Paperback.

EDITION NAUTILUS

LITERATUR

Sean McGuffin
Der Mann, der mit Chuck Berry getanzt hat
176 Seiten, Klappenbroschur, Originalausgabe
»Kein Ort wäre besser geeignet, Lacher wie Tränen zu erzeugen, als die dunklen Grotten der Männerherrschaft, die Pubs. Hier nimmt, durch flüssigen Balsam wirkungsvoll geschmiert, alles seinen verheißungsvollen Anfang ...«
BREMER

in Vorbereitung:
Sean McGuffin
Der fette Bastard

Brendan Behan
Das gleiche noch mal!
148 Seiten, gebunden, mit 12 Abbildungen
»In Wahrheit steht diese Volkskultur für Armut, der Pub für eine lange unterjochte Öffentlichkeit, der trunkene Schwadroneur für die geniale Erzählkunst eines Verlierervolkes ... In diesem Rahmen sollten wir ... Behans sprunghafte und das Absurde streifende Schwänke lesen. Wer hätte schon Vergleichbares auf Lager?«
Frankfurter Allgemeine Zeitung

Franz Dobler
Bierherz
128 Seiten, Broschur
»Doblers ›flüssige Prosa‹, wie er sie nennt, ist hinterfotzig, oft zum Lachen und Nachdenken. Und das ist viel mehr, als man von den meisten Büchern heutzutage hat.«
STERN

EDITION NAUTILUS